978-3-937445-	KOOKBOOKS REIHE LYRIK
00-7	Daniel Falb **die räumung dieser parks**
03-8	Steffen Popp **Wie Alpen**
04-5	Ron Winkler **vereinzelt Passanten**
14-4	Gerhard Falkner **Gegensprechstadt – ground zero** + CD Music by David Moss
16-8	Uljana Wolf **kochanie ich habe brot gekauft**
18-2	Hendrik Jackson **Dunkelströme**
22-9	Tom Schulz **Vergeuden, den Tag**
23-6	Monika Rinck **zum fernbleiben der umarmung**
27-4	Christian Schloyer **spiel • ur • meere**
29-8	Sabine Scho **Album**
30-4	Christian Hawkey **Reisen in Ziegengeschwindigkeit**
34-2	Sabine Scho **farben**
35-9	Steffen Popp **Kolonie Zur Sonne**
37-3	Monika Rinck **Helle Verwirrung & Rincks Ding- und Tierleben**
38-0	Uljana Wolf **falsche freunde**
39-7	Daniel Falb **BANCOR**
41-0	Martina Hefter **Nach den Diskotheken**
42-7	Matthea Harvey **Du kennst das auch**
43-4	Alexej Parschtschikow **Erdöl**
44-1	Alexander Gumz **ausrücken mit modellen**
45-8	Mathias Traxler **You're welcome**
46-5	Daniela Seel **ich kann diese stelle nicht wiederfinden**
47-2	Michael Palmer **Gegenschein**
49-6	Monika Rinck **Honigprotokolle**
50-2	Dagmara Kraus **kummerang**

www.kookbooks.de

Verlag und Übersetzer danken dem Deutschen Literaturfonds für die freundliche Unterstützung.

KOOK

MICHAEL PALMER

GEGEN-SCHEIN

(Gedichte Poems)

— aus dem amerikanischen Englisch von Rainer G. Schmidt

Once in October
not seeing the Gegenschein
or counterglow
an elliptical light
opposite the sun
and near the ecliptic
in Sagittarius the centaur
'diurnal archer.'

— Michael Palmer

Aus:

BLAKE'S NEWTON (1972)

Its Form

Its form, at tables by fours
leap … relieved of their weight.
She turns green
to begin. The Natural History
peregrine, Peale's hawk
is forgetting to talk
like those coast homes
lost in the deeper part.

But to begin a procession
or a succession of lines
replacing the elms whose warps
and curves are called contradictions.

To begin, 'the stamp'
of autumn … these parades
whose curved names
folded in as pilgrims.
You start to swim
through a little darkness
and see some trees.

In the New Spring this
snow is the cold
water running off
what it was. The moth
loves the rose but who
does the rose love. It
goes and
around her
dusting some lady's clothes
from an edge like

trees, turning pages, around or
else about her, the wings marked
by eyes, and seeing twice.

Seine Gestalt

Seine Gestalt, an Tischen zu vieren
die springen … befreit von ihrem Gewicht.
Sie grünt
im Anfang. Die Naturgeschichte
peregrin, Wanderfalke-pealei
vergisst die Plapperei
wie jene Küstenheime
verloren im tieferen Teil.

Aber im Anfang eine Prozession
oder Sukzession von Linien
statt der Ulmen deren Biegungen
und Kurven Widersprüche heißen.

Im Anfang „das Gepräge"
des Herbsts … diese Paraden
deren gebogene Namen
eingefaltet sind wie Pilger.
Du beginnst durch eine kleine
Dunkelheit zu schwimmen
und einige Bäume zu sehn.

Im Neuen Frühling ist
dieser Schnee das kalte
Wasser das verrinnen lässt
was es war. Der Falter
liebt die Rose aber wen
liebt die Rose. Er
fliegt weg und
bestaubt um sie
einige Frauenkleider
von einem Saum gleich

Bäumen, blättert Seiten um, um sie
oder auch über ihr, die Flügel mit Augen
gezeichnet und zwiefach sehend.

A Vitruvian Figure by Juan Gris

begins with a line from Donne
or anyone, that drawes Natures workes
from Natures law
moving from the eyes and spare
features this time a woman's figure
defining a circle compressed
where the arms are too weak to extend.

Each day some features change.
The mirror with its own columns
and rosettes at each corner
has a yellow frame
where the Crucian beads are hanging,
but her own body in the diagram
tells two different times

that are constant
like the dots and the irregular
curves the oval encloses
the way Gris painted it
at twenty-nine, supposedly
building up forms from
the separate parts, from the eyes
and empty features to the rounded
shoulders, the curve at the saddle
of bony hips, and the legs
spread wide marking
the limits of the ring.

Eine vitruvische Figur von Juan Gris

beginnt mit einem Vers von Donne
oder irgendwem, der die Wercke der Natur
dem Naturgesetze abgewinnet
und sich von den Augen und überflüssigen Zügen
entfernt diesmal die Gestalt einer Frau
die einen Kreis beschreibt dort gedellt
wo die Arme zu schwach sich zu strecken.

Täglich ändern sich einige Züge.
Der Spiegel mit seinen eigenen Säulen
und Rosetten an jeder Ecke
hat einen gelben Rahmen
von wo die Rosenkreuzerperlen hängen,
aber ihr eigener Körper im Diagramm
zeigt zwei verschiedene Zeiten an

die konstant sind
wie die Punkte und unregelmäßigen
Kurven, die das Oval umschließt
so wie Gris es mit neunundzwanzig
malte, vermutlich baute er
Formen von den separaten Teilen
auf, von den Augen
und leeren Zügen zu den gerundeten
Schultern, der Biegung am Sattel
knochiger Hüften, und die weit
gespreizten Beine markieren
die Grenzen des Rings.

Aus:

THE CIRCULAR GATES (1974) DIE RUNDEN TORE

Sonnet:
Now I see them

Now I see them sitting me before a mirror.
There's noise and laughter. Somebody
mentions that hearing is silver
before we move on to Table One
with the random numbers. I look down
a long street containing numbers.
A white four leans against the fence
and disappears. In the doorway
is the seven, then the x
painted red so you can find it
more easily. Five goes by
without its cap. My father wears
the second x. He has a grey cloud
for a face, and dark lines for arms.

Sonett: Jetzt sehe ich sie

Jetzt sehe ich sie wie sie mich vor einen Spiegel setzen.
Lärm und Gelächter. Jemand
erwähnt dass Hören Silber sei
bevor wir weitergehn zu Tafel Eins
mit den Zufallszahlen. Ich schaue eine lange
Straße hinab die Zahlen enthält.
Eine weiße Vier lehnt sich gegen den Zaun
und verschwindet. Im Eingang
ist die Sieben, dann das X
in Rot so dass es leichter
zu finden ist. Fünf geht ohne
seine Mütze vorbei. Mein Vater trägt
das zweite X. Er hat eine graue Wolke
statt eines Gesichts und dunkle Linien statt Armen.

In the Empire of Light
the water's completely dry

floating on a surface of itself
around islands pointed south-southwest

The wind fills it then
with more of itself

according to the rules
which cause parallel lines

to vibrate and cross
less and less

among the hanging baskets from a rain forest
among the visiting statesmen

from a rain forest
Here the dancer stops

to regain her balance
and reelaborate the distance

from the feet to the head
The risk is a part of the rhythm

She steps out of
and into balance

with those who are left
Chalk-marks show them where to stand

from: The Book Against Understanding

Im Imperium des Lichts
ist das Wasser völlig trocken

treibt auf einer Oberfläche von sich
um Inseln mit Süd-Südwest-Spitze

Der Wind füllt es dann
mit mehr von sich

gemäß den Regeln
die parallele Linien bewirken

um immer weniger
zu schwingen und sich zu schneiden

zwischen Blumenampeln aus einem Regenwald
zwischen Staatsmännern auf Besuch

aus einem Regenwald
Hier hält die Tänzerin inne

um ihre Balance wiederzugewinnen
und die Distanz von Fuß

bis Kopf neu zu entwickeln
Das Risiko ist Teil des Rhythmus

Sie macht einen Schritt aus
der Balance und wieder hinein

mit denen die geblieben sind
Kreidestriche zeigen ihnen wo zu stehen ist

aus: Das Buch gegen Verstehen

Third Symmetrical Poem

Were you listening and
did you hear them
In the question
some of the trees bend
The circle and the light

resembled an entire body
taken from the light
a body of wires and
a body with no inside
It was her voice that made

the sky acutest at its vanishing
the same as it would be
the weight of air
that turned the apparent form
into an empty bowl

that before had held water
The bowl imitates motion
by moving around
I don't know at all
how you get from two to one

except by walking upside down
with your head partly underground
If you start from the beginning
of the evening
you can see the leaves

on the ground
If you start from the opening
of the letter
you can watch the letters following each other
If you start with the picture

you get a prohibition
If you start with the face
you get a complex modulation
of the eyes and teeth
If you start with the darkness

Drittes symmetrisches Gedicht

Lauschtest du und
hörtest du sie
In der Frage
beugen sich einige der Bäume
Der Kreis und das Licht

glichen einem ganzen Körper
dem Licht entnommen
einem Körper aus Drähten und
einem Körper ohne Innen
Es war ihre Stimme die den Himmel

bei seinem Verschwinden schärfte
das Gleiche wäre es
mit dem Gewicht der Luft
das die sichtbare Form
in eine leere Schüssel wandelte

die zuvor Wasser enthielt
Die Schüssel ahmt Bewegung nach
indem sie sich dreht
Ich weiß gar nicht
wie man von zwei zu eins gelangt

außer man geht verkehrt herum
den Kopf teils unterirdisch
Beginnt man mit dem Anfang
des Abends
kann man die Blätter

auf dem Boden sehen
Beginnt man mit dem Öffnen
des Briefs
kann man die Buchstaben einander folgen sehen
Beginnt man mit dem Bild

bekommt man ein Verbot
Beginnt man mit dem Gesicht
bekommt man eine komplexe Modulation
von Augen und Zähnen
Beginnt man mit der Dunkelheit

you get the forest
which is dark
the wires which are sometimes not
then the window and the photograph
of the painting of the face

bekommt man den Wald
der dunkel ist
die Drähte die manchmal nicht sind
dann das Fenster und das Foto
des gemalten Gesichts

Fifth Symmetrical Poem

The way the future uses up blood and light
and the individual marks are altered every day

until you reach the end of the row of trees
It has to be possible to imagine these

infinitely extended
and to walk by in a curved line

remembering the pencil that draws the line
putting the water on one side

and agreeing that the chair will be white
Each day each letter of the previous day

would be replaced by the next one in line
and the Z by an A

of the same size and shape. I dream that I say
It's raining

and it has no meaning
I dream that she's waking

in the white chair
Everyone we know is here

Or when you covered the numbers
no sounds seemed clear

We would come and go
on hands and feet

We would move them
to get somewhere

Fünftes symmetrisches Gedicht

Wie Zukunft Blut und Licht verbraucht
und die Charakteristika jeden Tag verändert werden

bis du das Ende der Reihe von Bäumen erreichst
Es muss möglich sein sich diese als unendlich

ausgedehnt vorzustellen
und in einer Kurve zu gehen

und an den Stift zu denken der die Linie zieht
der das Wasser auf eine Seite tut

und zustimmt dass der Sessel weiß sein wird
Jeden Tag würde jeder Buchstabe des vorigen Tags

durch den nächsten in der Reihe ersetzt
und das Z durch ein A

von gleicher Größe und Form. Ich träume dass ich sage
Es regnet

und es hat keine Bedeutung
Ich träume dass sie im weißen

Sessel erwacht
Jeder den wir kennen ist hier

Oder wenn du die Zahlen verdecktest
erschien kein Ton deutlich

Wir würden auf Händen und Füßen
kommen und gehen

Wir würden sie dazu bringen
irgendwohin zu gelangen

Aus:

WITHOUT MUSIC (1977) OHNE MUSIK

Ninth Symmetrical Poem
(after Southwell)

It's November the thirty-third
of an actual November
and the children sleep in the crystal world
turning their heads from the fire that burns them

The burning children are invisible
but the carriers of wounded thought
are everywhere visible
as letters strung along a word

whose economies
work backward from speech
Mirrored we reflect such things
as they've seen

Neuntes symmetrisches Gedicht (nach Southwell)

Es ist der dreiunddreißigste November
eines wirklichen Novembers
und die Kinder schlafen in der Kristallwelt
sie wenden ihre Köpfe vom Feuer ab das sie verbrennt

Die brennenden Kinder sind unsichtbar
aber die Träger verletzter Gedanken
sind überall sichtbar
wie Buchstaben auf ein Wort gespannt

dessen Haushalt
vom Sprechen aus rückwärts arbeitet
Gespiegelt reflektieren wir solche Dinge
die wir gesehen haben

Dance of the Bees (September)

As the sun's
light caught in a mirror
or held by water ...

To walk with bees under the earth's heel

shadowed by light
and corrected by light. The hard sweetness sticks

to your throat
a little more each day

meaning somewhat less. In love's presence
it's advised to go to the track

wearing love's best flowering hat
Greet royalty with a vacant smile

Greet the revolution with obvious respect
Keep your fingers to yourself

but display the revolution's naked wrists
Distill memory between linen sheets

Avoid all suicide pacts

Tanz der Bienen (September)

Wie der Sonne
    Licht in einem Spiegel eingefangen
    oder von Wasser gefasst …

Mit Bienen gehen unter der Ferse der Erde

von Licht verschattet
und von Licht berichtigt. Die feste Süße klebt

an deiner Kehle
jeden Tag ein wenig mehr

und etwas weniger bedeutend. In Gegenwart der Liebe
ist es geraten zum Bahnsteig zu gehen

und der Liebe besten Blumenhut zu tragen
Grüß Königtum mit einem leeren Lächeln

Grüß die Revolution mit deutlichem Respekt
Behalt deine Finger bei dir

aber zeige die bloßen Handgelenke der Revolution
Destilliere Erinnerung zwischen Linnenlaken

Meide alle Selbstmordpakte

On the Way to Language

The answer was
the sun, the question

of all the fragrances undressed
by the rats in the Pentagon

is Claude's, little
memory jars

empty of their pickled plums
and the tiny

pile of dried bodies under the floorboard
(we had to sell that car)

Summers are always difficult
arriving too soon, too

much wind and the absolute
darkness when it finally descends

over the plantation. We're not ashamed
of our immense wealth

even somewhat proud
of the cleanliness of the servants' quarters

From the sound of their weeping
they seem happy enough

in their work, childlike
and contrite. The answer was

memory, an efficient
engine driven by earthly

remains and the question
of the valley of desire

crossed by the bridge
of frequent sighs

Unterwegs zur Sprache

Die Antwort war
die Sonne, die Frage

nach all den Düften abgetakelt
von den Ratten im Pentagon

ist Claudes Frage, kleine
Gedächtnisgläser

ihrer eingeweckten Pflaumen entleert
und der winzige

Haufen von Dörrleibern unter dem Bodenbrett
(wir mussten diesen Wagen verkaufen)

Sommer sind immer schwierig
sie kommen zu bald, zu

viel Wind und Stockdunkel
wenn es schließlich hereinbricht

über der Pflanzung. Wir schämen uns nicht
für unseren riesigen Reichtum

sind sogar irgendwie stolz
auf die Sauberkeit der Gesindequartiere

Dem Klang ihrer Klagen nach
scheinen sie glücklich genug

bei ihrer Arbeit, kindlich
und zerknirscht. Die Antwort war

Erinnerung, eine wirksame
Maschine, angetrieben von irdischen

Resten und der Frage
nach dem Tal des Verlangens

überspannt von der Brücke
häufiger Seufzer

Tenth Symmetrical Poem

A dream in imperfect alexandrines
Through night's eye those tending the book move
as surds or signs, the cooks with their guns
and soldiers with their aprons and copper pots
define archē and telos, passages

translucent as
the old Stalinist says
dolphins in their course, the forest is
hazardous, 'familiar', its hidden
events. Through night's eye those tending the

book peer out
on a scene from a book
while we who have been translated
(who are waiting to be translated)
do not

Zehntes symmetrisches Gedicht

Ein Traum in unvollständigen Alexandrinern
Durchs Nachtauge bewegen sich die Hüter des Buchs
als Irrationalzahlen oder Zeichen, die Köche mit ihren Flinten
und Soldaten mit ihren Schürzen und Kupfertöpfen
definieren archē und telos, Passagen

durchscheinend wie
der alte Stalinist sagt
Delphine auf ihrem Weg, der Wald ist
gefahrvoll, „vertraut", seine verborgenen
Vorfälle. Durchs Nachtauge spähen

diese Hüter des Buchs
auf eine Szene aus einem Buch
während wir die wir übersetzt worden sind
(die wir darauf warten übersetzt zu werden)
dies nicht tun

Without Music

Les lettres qui formaient des mots artificiels
— Reverdy

Small sun against the lower edge licking us
She showed me her tongue coated with thorns

A careful life of stars in a redwood box

times labor's loss not mine
based upon the loss itself, 'not mine'

... formed such words imperfectly bodied

as empty sleep weighed against dream
bodies and parts of bodies distributed

according to given laws
across a field
Who could help but love the equations

night's music hung from each line
the headless man looks at the quarter moon

and the moon watches the man
resting invisible beneath a tree

luminous city sounds that pour
from the center of a courtyard

where we watch ourselves talk
This poem is called Rebuilding the House

Ohne Musik

Les lettres qui formaient des mots artificiels
— Reverdy

Kleine Sonne gegen den unteren Grat die uns leckte
Sie zeigte mir ihre belegte Zunge, mit Dornen belegt

Ein vorsichtiges Sternenleben in einem Kasten aus Redwood

Verlust der Zeitenmühe nicht meiner
auf dem Verlust selber beruhend, „nicht meinem“

... bildete solche unvollkommen verkörperten Wörter

wie leerer Schlaf abgewogen gegen Traum
Körper und Körperteile

laut gegebener Gesetze
                                        über ein Feld verteilt
Wer könnte umhin die Gleichungen zu lieben

Nachtmusik hing von jeder Linie, Leine
der kopflose Mann betrachtet den Viertelmond

und der Mond schaut dem Mann zu
der unter einem Baum unsichtbar bleibt

Lichterstadt   Klänge als Strom
aus der Mitte eines Hofs

wo wir uns selbst beim Reden zuschauen
Dieses Gedicht heißt Wiederaufbau des Hauses

Crossing the Hill

Queens and kings of the perilous edge
of an alphabet we
are are we this
faithful cat crossing the hill

to where time sits
in its midday likeness
or ordinary dark time
like an alphabet

dancing the straight-forward dance
Egypt lives in certain cats
who refuse to scratch
and refuse to sit

here where Egypt lives
as an alphabet
of visible undertakings
mistaken for an actual cat

who is the opposite of an alphabet
geometrical and abstract
and alive because of that
How long will the dry time last

beneath the hill
the serious speakers ask
have the makers unbuilt all this
to decorate a hill

for A. M.

Über den Hügel

Königinnen und Könige des gefährlichen Grats
eines Alphabets das wir
sind sind wir diese
treue Katze die über den Hügel geht

dorthin wo die Zeit sitzt
in ihrer Mittagsgestalt
oder gewöhnlicher Dunkelzeit
wie ein Alphabet

das den freimütigen Tanz tanzt
Ägypten lebt in gewissen Katzen
die sich weigern zu kratzen
und sich weigern zu sitzen

hier wo Ägypten lebt
wie ein Alphabet
sichtbarer Unternehmungen
verwechselt mit einer wirklichen Katze

die das Gegenteil eines Alphabets ist
geometrisch und abstrakt
und lebendig deshalb
Wie lange wird die dürre Zeit dauern

unter dem Hügel
fragen die ernsthaften Sprecher
haben die Schöpfer all dies eingerissen
um einen Hügel zu schmücken

für A. M.

Aus:

NOTES FOR ECHO LAKE (1981)

NOTIZEN FÜR DEN ECHO-SEE

To Robert E. Symmes 1933
for a gift of resemblances

His arm slept. Dream-wounded and a former
figure he wept beside the stream
to see himself becoming it.
Who would write him in as a target
burned by the sun
who heard a name he would become
or once was, red
as second following dawn? The city
is full of ones called us
who endlessly greet each other by a name
that changes each time.
It's a wonder to return, head aching,
to witness the bear to its rest
and it's odd to wake and rewrite it
as a kind of resemblance.
I am tired and would like to leave.
I have never been here. The book
wears a lion's mane. For a moment
they were visitors resembling themselves.
Laughing he had said, I am tired of this
    waiting to be born.
The ones called figures crowd the street.
Each is missing part of his name
and each longs to be drawn a face.

11 v 79

Für Robert E. Symmes 1933
wegen einer Gabe zu Ähnlichkeiten

Sein Arm schlief. Traumverwundet und eine frühere
Gestalt die er neben dem Fluss beweinte
um zu sehen wie er zu ihr wurde.
Wer würde ihn als eine von der Sonne verbrannte
Zielscheibe einschreiben
wer hörte einen Namen zu dem er werden würde
oder der er einst war, rot
wie ein zweiter nachfolgender Anfang? Die Stadt
ist voll von welchen namens wir
die endlos einander mit einem Namen grüßen
der sich jedesmal ändert.
Wunderbar ist's zurückzukehren, mit Kopfschmerz,
um den Bär bis zur Ruh zu bezeugen
und seltsam ist's zu wachen und ihn
als eine Art Ähnlichkeit umzuschreiben.
Ich bin müde und würde gern gehen.
Ich bin nie hier gewesen. Das Buch
trägt eine Löwenmähne. Für einen Augenblick
gab es Besucher die sich ähnelten.
Lachend hatte er gesagt: Ich will nicht mehr
        aufs Geborenwerden warten.
Solche namens Figuren bevölkern die Straße.
Jedem fehlt ein Teil seines Namens
und jeder will als Gesicht gezeichnet sein.

11 v 79

Seven Forbidden Words

Mon chat sur le carreau cherchant une litière
— Baudelaire, Spleen

Who peered from the invisible world
toward a perfectly level field. Terms
will be broken here (have been broken here).
Should a city of blue tile appear
no one will be listening there.
He stood up, walked across the room
and broke his nose against the door.
A was the face of a letter
reflected in the water below.
He watched cross-eyed
learning a few words at a time.
The sun rose behind your shoulder
and told me to act casual
while striking an attitude of studied repose.
You grew these flowers yourself
so how could you forget their names.
The yellow one is said to be uncommon
and the heart tastes as expected, tender
and bitter like an olive
but less violent. It has been summer for a day
or part of a day
with shades drawn. The fires were deliberately set
and the inhabitants welcomed them.

Sieben verbotene Wörter

Mon chat sur le carreau cherchant une litière
— Baudelaire, Spleen

Wer spähte aus der unsichtbaren Welt
auf ein vollkommen planes Feld. Grenzen
werden hier durchbrochen (wurden hier durchbrochen).
Sollte eine Stadt mit blauen Kacheln erscheinen
wird dort keiner zuhören.
Er stand auf, durchquerte den Raum
und brach sich die Nase an der Tür.
A war das Gesicht eines Buchstabens
gespiegelt im Wasser darunter.
Er schaute schielend zu
und lernte ein paar Wörter.
Die Sonne ging hinter deiner Schulter auf
sagte mir ich solle beiläufig agieren
und eine Pose der Ruhe einnehmen.
Du hast diese Blumen selbst gezogen
wie konntest du vergessen wie sie heißen.
Die gelbe soll selten sein
und das Herz schmeckt wie erwartet, zart
und bitter wie eine Olive
doch weniger stark. Es war Sommer für einen Tag
oder Teil eines Tags mit zugezogenen
Rouleaus. Die Feuer wurden absichtlich gelegt
und die Bewohner begrüßten sie.

Pre-Petrarchian Sonnet

(after Peter Altenberg)

Someone identical with Dante
sits beside a stone. Enough
is enough is enough of.
It's odd that your hand feels warm
(snow carefully falling).
It's odd that the page was torn
just where the snow had begun.
There was never very much.
There is more (less) than there was.
Today it is 84, 74 and 12
and light and dark.
We are nowhere else.
His smile fell to one side.
Here and there it was very light and dark.

Prä-Petrarchisches Sonett

(nach Peter Altenberg)

Ein mit Dante Identischer
sitzt neben einem Stein. Genug
ist genug ist genug von.
Komisch dass deine Hand sich warm anfühlt
(Schnee fällt sorgsam).
Komisch dass die Seite genau
zerrissen wurde wo der Schnee anfing.
Es gab nie sehr viel.
Es gibt mehr (weniger) als es gab.
Heute ist es 84, 74 und 12
und hell und dunkel.
Wir sind nirgendwo sonst.
Sein Lächeln fiel auf eine Seite.
Hier und da war es sehr hell und dunkel.

Dear M

Look this figure half-hidden is not a book
This mirror-house is not the book
This photograph conceals a book
I tripped over the flower in the porcelain cup

This shoulder-talk was never a book
She offered a single syllable
This slowness is the book
This spiral is a mark

This mark is no part of it
She rolled over and spoke
I can see from here through something broken
This turning is not a book

This turning from is nothing
The owl is lost within the tree
I tripped over the voice in the porcelain cup
These moths are visitors or were

They are so tired of the book
The pages tell us so
We walked from bridge to bridge
This liquid is clear

and holds no light
A lower voice can be heard
In winter there are eyes
The second thread represents the ear

not listening, the third
the curve of the throat
the fourth the lips and tongue
the fringes of the hair grown long

I remember the name of one color
and I remember the name of the color one
Yes means yet, airs
age and turned telling

The coral benches and tables are empty
The rooftops were painted a useless red
We collected the letters in perfect error
and hurried to unlearn them

Lieber M

Schau diese halb verborgene Figur ist kein Buch
Dieses Spiegelhaus ist nicht das Buch
Dieses Foto verbirgt ein Buch
Ich stolperte über die Blume in der Porzellantasse

Diese Schultersprache war nie ein Buch
Sie bot eine einzige Silbe an
Diese Langsamkeit ist das Buch
Diese Spirale ist ein Mal

Dieses Mal ist kein Teil davon
Sie rollte herüber und sprach
Ich kann von hier aus durch etwas Kaputtes sehen
Dieses Umwenden ist kein Buch

Dieses Abwenden ist nichts
Die Eule ist im Baum verschwunden
Ich stolperte über die Stimme in der Porzellantasse
Diese Falter sind Besucher oder waren es

Sie sind des Buchs so müde
Die Seiten erzählen uns das
Wir gingen von Brücke zu Brücke
Diese Flüssigkeit ist klar

und hält kein Licht
Eine leisere Stimme ist zu hören
Im Winter gibt es Augen
Der zweite Faden vertritt das Ohr

das nicht zuhört, der dritte
die Biegung der Kehle
der vierte die Lippen und Zunge
die Fransen des lang gewachsenen Haars

Ich erinnere mich an den Namen einer einzigen Farbe
und ich erinnere mich an den Namen der Farbe eins
Ja bedeutet aber, Gehabe
Alter und gewendetes Erzählen

Die Korallenbänke und Tische sind leer
Die Dächer bemalt mit nutzlosem Rot
Wir sammelten die Buchstaben in vollkommenem Fehl
und verlernten sie eilends

The Project of Linear Inquiry

[Let *a* be taken as ...]
a liquid line beneath the skin
and *b* where the blue tiles meet
body and the body's bridge
a seeming road here, endless

rain pearling light
chamber after chamber
of dust-weighted air
the project of seeing things
so to speak, or things seen

namely a hand, namely
the logic of the hand
holding a bell or clouded lens
the vase perched impossibly near the edge
obscuring the metal tines.

She said "perhaps" then it echoed.
I stood there torn
felt hat in hand
wondering what I had done
to cause this dizziness

"you must learn to live with."
It reveals no identifiable source
(not anyway the same as a forest floor).
A vagrant march time, car
passes silently, arm rests at his side

holding a bell or ground lens
where *c* stands for inessential night—
how that body would
move vs how it actually does—
too abstract &/or not abstract enough

but a closed curve in either case
she might repeat
indicating the shallow eaves
nothing but coats and scarves below the window
his-her face canted to the left

Das Projekt der Linear-Untersuchung

[Angenommen *a* sei ...]
eine fließende Linie unter der Haut
und *b* wo die blauen Kacheln sich treffen
Körper und Brücke des Körpers
eine scheinbare Straße hier, endloser

Regen lässt Licht perlen
Kammer um Kammer
von staublastiger Luft
das Projekt Dinge zu sehen
sozusagen, oder gesehene Dinge

namentlich eine Hand, namentlich
die Logik der Hand
die eine Glocke hält oder trübe Linsen
die Vase unmöglich nahe der Kante aufgestellt
verdeckt die metallenen Zinken.

Sie sagte „vielleicht", dann Widerhall.
Ich stand dort zerrissen
den Filzhut in der Hand
fragte mich was ich getan hatte
um diesen Schwindel zu bewirken

„du musst lernen damit zu leben".
Er zeigt keinen erkennbaren Ursprung
(gar nicht das Gleiche wie Waldboden).
Vagabundierende Wanderzeit, Wagen
fährt geräuschlos vorbei, Arm bleibt an seiner Seite

hält eine Glocke oder geschliffene Linsen
worauf *c* für unwesentliche Nacht steht –
wie sich dieser Körper bewegen könnte
versus wie er sich wirklich bewegt –
allzu abstrakt &/oder nicht abstrakt genug

aber eine geschlossene Kurve in jedem Fall
sie könnte sich wiederholen
und auf die flachen Traufen hinweisen
nichts als Mäntel und Schals unter dem Fenster
sein-ihr Gesicht nach links gekippt

nothing imagined or imaginable
dark and nothing actually begun
so that the color becomes exactly as it was
in the minuscule word for it
scribbled beside an arrow

on the far wall
perfectly how else continuous with memory.
There are pomegranates on the table
though they have been placed there
salt, pepper, books and schedules

all sharing the same error
and measure of inattention.
What she says rolls forward.
I shouted toward motion, other gestured,
child laughs, sky,

traffic, photograph. I
gave real pain, expelled
breath, decided. Both arms in thought,
mirror otherwise, abandoned
structures mostly, the glass

door with its inscription lay open
before us, nothing to fear.

nichts Vorgestelltes oder Vorstellbares
dunkel und nichts wirklich begonnen
so dass die Farbe genau das wird was sie war
in dem winzigen Wort für sie
neben einen Pfeil gekritzelt

auf der fernen Mauer
vollkommen wie sonst andauernd mit Gedächtnis.
Granatäpfel auf dem Tisch
auch wenn sie dort hingelegt worden sind
Salz, Pfeffer, Bücher und Fahrpläne

und alle teilen den gleichen Fehler
das Ausmaß an Unachtsamkeit.
Was sie sagt rollt vorwärts.
Ich rief der Bewegung zu, anderer gestikulierte,
Kind lacht, Himmel,

Verkehr, Foto. Ich
bereitete echten Schmerz, stieß
Atem aus, entschied. Beide Arme in Gedanken,
Spiegel anderweitig, zumeist aufgegebene
Gebilde, die Glas-

Tür mit ihrer Aufschrift lag offen
vor uns, nichts zu befürchten.

Symmetrical Poem: They were afraid of death

He would live against sentences.
They were afraid of death among such trees
formed of empty imaginings
as there are moths we fear
near a hot surface, scales
of the descending song
marked by crucibles and jars
at random intervals. The tiger burns
in this scene or song. It is neither firm
nor a shadow of that moment
washed by early haze
was heard ahead at the gateways
could move them from what they saw.
Something I remember having read
transparency of the mirror
hears him in its turn
hidden where he's never been.
Our guns are there to prove us friendly.
The day's end is soft
as a fold again
and a dog floats headless in the water
careful to avoid the shore.

Symmetrisches Gedicht:
Sie hatten Angst vorm Tod

Er wollte gegen Sätze leben.
Sie hatten Angst vorm Tod inmitten solcher Bäume
gebildet aus leeren Fantasien
wie es Falter gibt die wir fürchten
nahe einer heißen Oberfläche, Skalen
des absteigenden Lieds
in Zufallsintervallen markiert
durch Tiegel und Krüge. Der Tiger flammt
in diesem Schauspiel oder Lied. Es ist weder fest
noch wurde ein Schatten dieses von Frühdunst
gewaschnen Augenblicks
vorn an der Einfahrt gehört
konnte sie von dem entfernen was sie sahen.
Etwas das ich gelesen habe ich entsinne mich
Durchsichtigkeit des Spiegels
hört ihn seinerseits
dort verborgen wo er nie war.
Unsere Flinten sollen uns als freundlich erweisen.
Das Ende des Tags ist sanft
wie eine Falte wieder
und ein Hund treibt kopflos im Wasser
meidet sorgsam das Ufer.

So the dark figure

So the dark figure falls
backward, arms out and
eyes wide, through the purple

door to another
world. No hint had
been given him

that he would be called
upon and taken
into this painting.

for Bruce McGaw

Also die dunkle Gestalt

Also stürzt die dunkle Gestalt
rückwärts, Arme ausgestreckt und
Augen weit, durch die purpurne

Tür auf eine andere
Welt zu. Kein Wink
war ihm gegeben worden

dass er gerufen würde
und Aufnahme fände
in dieses Gemälde.

für Bruce McGaw

Aus:

FIRST FIGURE (1984) ERSTE FIGUR

Dearest Reader

He painted the mountains over and over again
from his place in the cave, agape
at the light, its absence, the mantled
skull with blue-tinted hollows, wren-
like bird plucking berries from the fire
her hair alight and so on
lemon grass in cafe in clear glass.
Dearest reader there were trees
formed of wire, broad entryways
beneath balconies beneath spires
youthful head come to rest in meadow
beside bend in gravel road, still
body of milky liquid
her hair alight and so on
successive halls, flowered carpets and doors
or the photograph of nothing but pigeons
and grackles by the shadow of a fountain.

Teuerster Leser

Er malte den Berg Mal um Mal übermalte ihn
von seinem Platz in der Höhle, klaffend
zum Licht, malte sein Fehlen, den umhüllten
Schädel mit blauschimmernden Mulden, zaun-
königartigen Vogel der Beeren rupfte vom Feuer
ihr Haar entflammt und so fort
Zitronengras im Café in hellem Glas.
Teuerster Leser es gab aus Draht
gebildete Bäume, breite Zufahrten
unter Balkonen unter Turmspitzen
jugendlicher Kopf komm zur Ruh in Wiese
daneben biege in Kiesweg, immer noch
Körper aus milchiger Flüssigkeit
ihr Haar entflammt und so fort
Flure in Folge, geblümte Teppiche und Türen
oder das Foto bloß von Tauben
und Staren beim Schatten eines Brunnens.

The Theory of the Flower

I will read a few of these to see if they exist
(We will translate logos as logos)

He swam in the rock
I am here from a distance

"Now kiss her cunt"
"Now take his cock in your hand"

The film is of a night garden
There is nothing meaningful about the text

There is nothing meaningful about a text
She

brushed away the sand
She brushed away the hand

This is Paradise, an unpunctuated book
and this a sequence of laws

in which the night sky is lost
and the flower of theory is a black spot

upon the foxglove
(These words have all been paid for)

He turns then to shade his eyes from the sun
She edges closer to the fallen log

This is Paradise, a mildewed book
left too long in the house

Now say the words you had meant to
Now say the words such words mean

The car is white but does not run
It fits in a pocket

He slept inside the rock,
a flower that was almost blue

Die Theorie der Blume

Ich werde ein paar von diesen lesen um zu sehen ob es sie gibt
(Wir werden logos mit Logos übersetzen)

Er schwamm im Fels
Ich bin hier aus einer Ferne

„Jetzt küss ihre Muschi"
„Jetzt nimm seinen Schwanz in die Hand"

Der Film dreht sich um einen Nachtgarten
Es ist nichts von Bedeutung an dem Text

Es ist nichts von Bedeutung an einem Text
Sie

fegte den Sand weg
Sie fegte die Hand weg

Dies ist Paradies, ein Buch ohne Interpunktion
und dies eine Sequenz von Gesetzen

worin der Nachthimmel verschwunden ist
und die Blume der Theorie ein schwarzer Fleck

auf der Fingerhutblüte
(Für all diese Wörter wurde bezahlt)

Er dreht sich dann um seine Augen vor der Sonne zu schützen
sie rückt dem gestürzten Stamm näher

Dies ist Paradies, ein stockfleckiges Buch
zu lange im Haus behalten

Jetzt sag die Worte die du im Sinn hattest
Jetzt sag die Worte die den Sinn solcher Worte haben

Der Wagen ist weiß aber fährt nicht
Er passt in eine Tasche

Er schlief im Felseninnern
eine Blume die fast blau war

Such is order
which exenterates itself

The islands will be a grave for their children
after they are done

You may use the paper with my name on it
to say whatever you want

I promise not to be so boring next time
never again to laugh and weep so much

which is how spring comes
to the measured center of the eye

The mind is made up
but you forget who it was first spoke

The mind is made up
and then and then

This is the paradise of emptiness
and this the blank picture in a book

I've looked over the photographs and they are all of you
just as we'd been warned

How strange
The winged figure in tuxedo is bending from the waist

The metalion addresses the mirror
and the music of the shattered window

falls unheard past the window below
How strange

but not so strange as speech
mistaken for a book

The phrase "for a moment" is popular in the world
yet not really meant to be said

So ist Ordnung
die sich selbst ausweidet

Die Inseln werden ein Grab für ihre Kinder sein
nachdem sie fertig sind

Nimm das Papier mit meinem Namen darauf
und sag alles was du willst

Ich will nächstes Mal nicht mehr so nervtötend sein
nie mehr so viel lachen und weinen

so gelangt der Frühling
in die abgemessene Mitte des Auges

Der Entschluss ist gefasst
aber vergiss nicht wer als Erster sprach

Der Entschluss ist gefasst
und dann und dann

Dies ist das Paradies der Leere
und dies das Blindbild in einem Buch

Ich habe die Fotos durchgesehen und sie sind alle von dir
gerade wie man uns beschied

Wie seltsam
Die geflügelte Gestalt im Smoking neigt den Oberkörper vor

Der Meta-Löwe wendet sich an den Spiegel
und die Musik des zerschmetterten Fensters

fällt ungehört am Fenster darunter vorbei
Wie seltsam

doch nicht so seltsam wie Reden
fälschlich für ein Buch gehalten

Die Wendung „Augenblick mal“ ist üblich auf der Welt
soll aber nicht wirklich gesagt werden

That is the third or the fourth world
where you can step into a tremor with your tongue

I do not drink of it myself
but intend a different liquid

clear as the glass in which it's held,
the theory of the flower and so on

or the counter-terror of this valley
the fog gradually fills

just as we've been warned
It isn't true but must be believed

and the leaves of the sound of such belief
form a paradise

(pronounced otherwise)
from which we fall toward a window

Dies ist die dritte oder die vierte Welt
wo du mit deiner Zunge ins Zittern kommen kannst

Ich selber trinke nicht davon
mir behagt anderes Nass

klar wie das Glas das es enthält
die Theorie der Blume und so fort

oder der Gegen-Schrecken dieses Tals
das der Nebel allmählich füllt

gerade wie man uns beschied
Es ist nicht wahr muss aber geglaubt werden

und das Laub des Klangs solchen Glaubens
bildet ein Paradies

(anders ausgesprochen)
aus dem wir stürzen auf ein Fenster zu

Music Rewritten

(after D.S.)

Yes and no then yes and no
Soon there'll be time enough for you

Charlie has swallowed the fluid
L has come inside a box

which some people paid to watch
Yes and no yes and no

You are a damaged set of illustrations
You are a ladder

in a chemical pond
a piece of hurry-up cake

or a true-to-life machine
making a music judged incomplete

by everyone willing to speak
Yes and no and yes and no

In a strange country you feel at home
because the hills there are the opposite of green

exactly as you were told
Now you must go there to prove it's so

Yes and no yes and no
Soon there'll be no time for you

The words are lost in the crease
but order is found at the base of a statue

or better, at the foot of a curved stone wall
in the tangles of the grass

Beneath the shadow of no and yes
nothing can be said

First there's sameness then difference
then the letter X across a face

then a line through a name
which is the wrong name in any case

Umgeschriebene Musik

(nach D. S.)

Ja und nein dann ja und nein
Bald wird genug Zeit für dich sein

Charlie hat die Flüssigkeit geschluckt
L ist in einem Kasten gekommen

den sich einige gegen Geld anschauten
Ja und nein ja und nein

Du bist ein Bilderset mit Schaden
Du bist eine Leiter

in einem chemischen Teich
ein Pustekuchen

oder eine lebensechte Maschine
die eine Musik macht für unvollständig erachtet

von jedem der sprechen mag
Ja und nein und ja und nein

In einem fremden Land fühlst du dich zu Hause
weil dort die Hügel alles andere als grün sind

genau wie man's dir gesagt hatte
Jetzt musst du dorthin zum Beweis

Ja und nein ja und nein
Bald wird keine Zeit mehr für dich sein

Die Worte sind in der Falte verschwunden
aber Ordnung wird am Fuß einer Statue gefunden

oder besser, an einem gebogenen Steinwall unten
im Gewirr von Gras

Unter dem Schatten von Ja und Nein
kann nichts gesagt werden

Zuerst ist Gleichheit da dann Unterschied
dann der Buchstabe X durch ein Gesicht

dann ein Strich durch einen Namen
der falsch ist in jedem Fall

The Village of Reason

This is a glove
or a book from a book club

This is the sun
or a layer of mud

This is Monday,
this is an altered word

This is the village of reason
and this is an eye torn out

This is the father
or a number on a chart

This is a substitute,
this is the thing you are

This is the varnished picture
or else an accepted response

This is the door
and this the word for door

This is a reflex caused by falling
and this is a prisoner with an orange

This is a name you know
and this is the poison to make you well

This is the mechanism
and this is the shadow of a bridge

This is a curve
and this its thirst

This is Monday,
this her damaged word

This is the trace
and this the term unmarked

Das Dorf der Vernunft

Dies ist ein Handschuh
oder ein Buch aus einem Buchclub

Dies ist die Sonne
oder eine Schlammschicht

Dies ist Montag,
dies ein verändertes Wort

Dies ist das Dorf der Vernunft
und dies ein ausgerissenes Auge

Dies ist der Vater
oder eine Nummer auf einer Karte

Dies ist ein Ersatz,
dies ist das Ding das du bist

Dies ist das gefirnisste Bild
oder auch eine geglaubte Antwort

Dies ist die Tür
und dies ist das Wort für Tür

Dies ist ein Reflex durch Sturz bewirkt
und dies ein Gefangener mit einer Orange

Dies ist ein Name den du kennst
und dies das Gift das dich gesund macht

Dies ist der Mechanismus
und dies der Schatten einer Brücke

Dies ist eine Kurve
und dies ihr Durst

Dies ist Montag,
dies sein beschädigtes Wort

Dies ist die Spur
und dies der unmarkierte Ausdruck

**This is the sonnet
and this its burning house**

**You are in this play
You are in its landscape**

**This is an assumption
the length of an arm**

**This is a poppy,
this an epilogue**

Dies ist das Sonett
und dies sein brennendes Haus

Du bist in diesem Spiel
Du bist in seiner Landschaft

Dies ist eine Annahme
von der Länge eines Arms

Dies ist ein Mohn,
dies ein Epilog

I was talking to the Baroness

Is was talking to the Baroness in the Green Room
        The page detached, flew away
toward the northwest
        skimming the still surface
New York was wonderful in those days
        like an island but smaller
though the headlines were awful
        face turned to the wall
the shapes empty colours and forms
        breakwater, mulberry, sign
of the flower opening, sign
        of the flower crystallized
I'm often in London
        less than half alive
Who are the letters A
        Who is Baraka
Sterling Brown in the blue car
        Elmo, Bud, James P.
Nancy and Sluggo
        Axel Hugo Teodor Theorell
to adjust the mirror
        so that the head disappears
who la danseuse magnétique
        qui se mettra d'elle-même en mouvement
sur une table lisse
        Then one must close the mouth quickly
and clench the teeth
        fearing pious old men
all those things that take time
        a maxim handed down to us
between sleeps
        fluid and secret charm
as the z of xylophone
        What fame! What a century
of empty skies, anodynes,
        moving sidewalks
Wet snow is falling once more
        The scene as always is tropical

Ich sprach mit der Baronin

Ich sprach mit der Baronin im Grünen Zimmer
Die Seite löste sich, flog weg
in Richtung Nordwest
streifte die ruhige Oberfläche
New York war wundervoll damals
wie eine Insel nur kleiner
obwohl die Schlagzeilen schrecklich waren
Gesicht zur Wand gedreht
die Konturen leere Farben und Formen
Wellenbrecher, Maulbeere, Zeichen
der sich öffnenden Blume, Zeichen
der kristallisierten Blume
Ich bin oft in London
weniger als halb lebendig
Wer sind die Buchstaben A
Wer ist Baraka
Sterling Brown im blauen Wagen
Elmo, Bud, James P.
Nancy und Sluggo
Axel Hugo Teodor Theorell
den Spiegel so einstellen
dass der Kopf verschwindet
wer la danseuse magnétique
qui se mettra d'elle-même en mouvement
sur une table lisse
Dann muss man rasch den Mund halten
die Zähne zusammenbeißen
und fromme Greise fürchten
all diese Dinge die Zeit brauchen
eine uns hinterlassene Maxime
zwischen Schlafphasen
fließend-geheimer Zauber
wie das Z von Xylophon
Welch ein Ruhm! Welch ein Jahrhundert
leerer Himmel, schmerzstillender Mittel,
rollender Stege
Wieder fällt Nassschnee
Das Schauspiel ist wie immer tropisch

Sign

Are you asleep M. Valdemar
The survival is untenable
an impossibility of dying
the way smoke rises and comes to rest
overhead, about the light—
that impulse to tell you intimate things
among the floats in a foreign place
projecting oneself into the details
the *a* of anvil for example, anterior,
atopia, at the particular, unstable moment

How install violence, pleasure, irony
and so on as apparent finalities
fragmented into a practice which
erases science, then into words
the opposite of names. So the five
of fingers could become *eyes*,
effort, *these*, *air*, *dust*, where
to another it might mean *flowers*,
a verb whose subject marks years
As for *eyes*

they are healing, the redness
and pain diminishing each day
Soon the stolen shadow reappears,
the vine on the grey lattice trembles,
the china folk fall from the china wall
An ant is an ideal reader
and there are so many of them
Sad Electra emerges from the forest
and approaches the shore
The conversation, long deferred, begins

easily sometimes, sometimes not at all,
a story whose end I know
and don't know, airs
against the summer's dust
these, head in such an effort
of turning as to resemble
world, "a certain sacrifice"
for the meadow orchids, ospreys,
rugosas and wild currants
Time is passed in saying nothing

Zeichen

Schlafen Sie M. Valdemar
Das Überleben ist unhaltbar
eine Unmöglichkeit des Sterbens
so wie Rauch steigt und
zur Ruhe kommt oben, ums Licht –
dieser Drang Ihnen Vertrauliches zu sagen
im Rampenlicht an einem fremden Ort
und sich in die Details zu versetzen
das *A* von Amboss zum Beispiel, Ahn,
Atopia, im besonderen, unbeständigen Moment

Wie Gewalt, Freude, Ironie und so weiter
als offenbare Endzustände einrichten
zersplittert in eine Praxis die
Wissenschaft auslöscht, dann in Wörter
das Gegenteil von Namen. So könnten
die Fünf der Finger *Augen* werden,
Anstrengung, *diese*, *Luft*, *Staub*, doch
für einen anderen bedeuten sie vielleicht *blüht*,
ein Verb dessen Subjekt Jahre markiert
Was *Augen* angeht

so heilen sie, Rötung
und Schmerz nehmen täglich ab
Bald erscheint der gestohlene Schatten wieder
die Ranke auf dem grauen Gitter zittert,
die Chinesen fallen von der Chinesischen Mauer
Eine Ameise ist ein idealer Leser
und es gibt so viele von ihnen
Elektra in Trauer taucht aus dem Wald auf
und nähert sich dem Gestade
Das lang verschobene Gespräch beginnt

manchmal leicht, manchmal gar nicht
eine Geschichte deren Ende ich kenne
und nicht kenne, Weisen
gegen den Sommerstaub
jene, so sehr bemüht den Kopf
zu drehen um weltähnlich
zu werden, „ein gewisses Opfer"
für die Wiesenorchideen, Fischadler,
Apfelrosen und Wilden Johannisbeeren
Zeit ist vergangen mit Nichtssagen

by telling things. The chimneys
are not real
but after-images from the dream,
what remained of the houses
in the mountain village
The teacher was the goat-herd's lover
Lightning struck the iron bed,
something to remember in a storm
I do not face the world, I face the wall
Could you be here for that week

Language paralyzes the tongue
and before morning the father is gone
I was born with no right hand
below the street of diamonds
in a city of constant groans
Experience cannot be described
except by us. We
fled down the marble steps
We spoke the prime sentence and dissolved
Everything of smoke was ours

beim Erzählen von Dingen. Die Kamine
sind nicht wirklich
sondern Nachbilder vom Traum,
was von den Häusern blieb
im Bergdorf
Der Lehrer war der Liebhaber der Ziegenherde
Blitz schlug ins eiserne Bett
etwas um sich in einem Sturm daran zu erinnern
Ich bin nicht der Welt zugekehrt, sondern der Wand
Könntest du diese Woche hier sein

Sprache lähmt die Zunge
und vor dem Morgen ist der Vater fort
Ich wurde ohne rechte Hand geboren
unterhalb der Diamantenstraße
in einer Stadt ewigen Stöhnens
Erfahrung kann nicht beschrieben werden
außer von uns. Wir
flohen die Marmorstufen hinab
Wir sprachen den ersten Satz und lösten uns auf
Alles Rauchige war unser

Book of the Yellow Castle

This can be seen as placing a mirror against the page.
The mountain is where we live, a circus there, a triangle
of unequal sides the days no sun appears.

This is life in the square-inch field of the square-foot house,
a September particle, biochip, or liquid in a jar,
and here is snow for the month to follow, light easy to move

but difficult to fix. The cat on the book has fleas.
It's a real cat with real fleas at least,
while the book is neither fixed nor field.

As soon as you had gone an image formed in order to be erased.
First an entryway then a left and right which seemed to be the same.
This letter explains everything and must never be sent.

This other arranges figures along an endless colonnade
imperceptibly darkening toward red. One pretends to be the case
the other is. Mornings the hands tremble, evidence of a
missing thought.

Arrows will tell you where the words are meant to lead,
from hall to hall apparently. The hair is thinner
and the veins stand out a bit more.

Who could have known he'd be dead within the week,
victim of a loosening thread, the system by which we perceive.
Thus the castle above valley and plain, the logical circuitry and
other such tricks,

the constant scanning, all kinds of features built in.
And thus the difference between sign and sigh, and the
bells which signal a return.
The dog instructs the goats, the man instructs the dog.

Should we count the remaining trees to decide what they
mean as well,
traces of a conversation possibly, or a larger plan. You enter
the stories as a surd
and sleep through them, ignoring successive warnings,

shards of cloisonné, broken table legs, a canopied bed.
They are there because the rest have left.
These are scalings of a sentence.

Buch der Gelben Burg

Dies kann als ein Spiegel gesehen werden der Seite vorgehalten.
Unser Wohnort ist der Berg, ein Kessel dort, ein Dreieck
mit ungleichen Seiten an Tagen ohne Sonne.

Dies ist Leben im Quadratzollfeld des Quadratfußhauses,
ein Septemberpartikel, Biochip oder Flüssiges im Krug,
und hier ist Schnee für den nächsten Monat, Licht leicht zu bewegen

aber schwer zu fixieren. Die Katze auf dem Buch hat Flöhe.
Es ist eine wirkliche Katze mit wirklichen Flöhen zumindest,
während das Buch weder fixiert ist noch Feld.

Kaum warst du fort bildete sich ein Bild um getilgt zu werden.
Erst ein Eingang dann links und rechts was das Gleiche schien.
Dieser Brief erklärt alles und darf nie abgeschickt zu werden.

Jener andere stellt Figuren auf längs einer endlosen Kolonnade,
unmerklich dunkelnd gegen Rot. Man tut so, als sei man der Fall
welcher der andere ist. Morgens zittern die Hände, Beweis eines
fehlenden Gedankens.

Pfeile werden dir sagen wohin die Wörter führen sollen,
offenbar von Saal zu Saal. Das Haar ist dünner
und die Adern treten etwas stärker hervor.

Wer hätte wissen können dass er binnen einer Woche tot ist,
Opfer eines sich lockernden Fadens, des Systems unserer Wahrnehmung.
Solcher Art die Burg über Tal und Ebene, der logische Schaltkreis und
weitere solcher Tricks,

das andauernde Abtasten, alles mögliche Zubehör.
Und solcherart der Unterschied zwischen Zeichen und Zischen, und die
Glocken die eine Rückkehr melden.
Der Hund unterweist die Ziegen, der Mensch unterweist den Hund.

Sollten wir die restlichen Bäume zählen um zu entscheiden was sie
auch bedeuten,
Spuren vielleicht eines Gesprächs oder größeren Plans. Du trittst in
die Geschichte ein als eine irrationale Größe
und durchschläfst sie, ignorierst Warnungen in Folge,

Cloisonné-Scherben, gebrochene Tischbeine, ein Himmelbett.
Sie sind da weil die übrigen weg sind.
Dies sind Abschuppungen eines Satzes.

As a Real House

(Sarah's third song)

"I said darkling and you said sparkling"
The play-house appears before us

as a real house in the dark
filled with people cut out

of magazines and postcards
and called real people at the start

Why is the curtain partly drawn
and why does the stair turn

to the left as you climb
and the right going down

Here all day it's midwinter night
and the musicians will continue to play

in the music room
and sleep will never come

This is lesson three
where the fiddler is made real

by the sound she hears
pouring from her fingers

Als ein wirkliches Haus

(Sarahs drittes Lied)

„Ich sagte dunkelnd und du sagtest funkelnd“
Das Spielhaus erscheint vor uns

als ein wirkliches Haus im Dunkeln
voller Leute ausgeschnitten

aus Zeitschriften und Postkarten
anfangs wirkliche Leute genannt

Warum ist der Vorhang halb zugezogen
und warum dreht sich die Treppe

nach links wenn du hochgehst
und nach rechts wenn du hinuntergehst

Hier ist jeden Tag Nacht im tiefsten Winter
und die Musiker werden weiterspielen

im Musikzimmer
und Schlaf wird nie kommen

Dies ist Übung drei
worin die Geigerin wirklich wird

durch den Klang sie hört ihn
aus ihren Fingern strömen

Facades for Norma Cole

These ornaments as we pass
to which thin lines are attached
the straight dark hair, bordered

hollows and lights, double spirals
imagined weights of things
If only I could draw, then

there would be an owl here
a fox in the elm's shadow
Bill do you remember the Chinese man in the
    stained grey overcoat

lying dead on the snow
by the brick wall
A remarkable document

which must never be published
He turned round to answer
but she was gone

then ran through the streets before passing out
on the steps of a synagogue
the face no longer recognisable

even to my closest friends
These crystals, however
Or put it this way

the particles circle and circle inside the ring
all the while accelerating
until finally by the billions they collide

That's how the missing one was found
Let's call it W for now
which fuels the stars

and so add one more line
extending from the woman with naked breasts
at the center of the arch

Fassaden für Norma Cole

Während wir passieren, diese Ornamente
denen dünne Linien, Züge angefügt sind
das glatte dunkle Haar, eingefasste

Höhlen und Hellen, Doppelspiralen
erahnte Gewichte von Dingen
Wenn ich nur zeichnen könnte, dann

wäre hier eine Eule
ein Fuchs im Schatten der Ulme
Bill, erinnerst du dich an den Chinesen im
fleckig-grauen Mantel

der tot im Schnee lag
bei der Backsteinmauer
Ein bemerkenswerter Beweis

der nie veröffentlicht werden darf
Er drehte sich um, um zu antworten
aber sie war fort

rannte dann durch die Straßen bevor sie
auf den Stufen einer Synagoge umkippte
das Gesicht nicht mehr kenntlich

selbst für meine engsten Freunde
Diese Kristalle jedoch
Oder anders ausgedrückt

die Teilchen kreisen und kreisen im Ring
beschleunigen sich derweil immer weiter
bis sie schließlich milliardenfach kollidieren

So wurde das Fehlende gefunden
Nennen wir es fürs Erste W
was Sternen-Treibstoff ist

und so kommt eine weitere Zeile hinzu
die von der Barbusigen
in der Mitte des Torbogens

to the cat asleep on the child's bed
They spoke of exactly this over coffee
until the glass door shattered

letting the damp wind enter
In her room she showed me
a photograph of her lover

young, heavily muscled and tanned
from several months at sea
We drank wine, smoked

opium through a glass pipe
and climbed to a place on the ridge
a field of nettles and anise

where the remains of the city could be seen
not this city but a previous one
called the pissing rose

or the rhymesters' rose
or the rose of even numbers
or the rose of indecision

or the rose of precise description
or *la rose dialectique, Dominique*
all yours again

in tenuous modes of oscillation
'neath a vestigal sky
"Look—there was a wall here once"

No one did this
It came about by itself
during yesterday's storm

bis zu der Katze reicht schlafend auf dem Kinderbett
Beim Kaffee sprachen sie genau darüber
bis die Glastür zersprang

und den feuchten Wind hereinließ
In ihrem Zimmer zeigte sie mir
ein Foto ihres Geliebten

jung, muskelbepackt und braungebrannt
von mehreren Monaten auf See
Wir tranken Wein, rauchten

Opium in einer Glaspfeife
und stiegen auf den Bergkamm
zu einem Feld mit Nesseln und Anis

von wo die Ruinen der Stadt zu sehen waren
nicht dieser Stadt sondern einer früheren
die Pissrose hieß

oder die Rose des Reimschmieds
oder die Rose der geraden Zahlen
oder die Rose der Unentschiedenheit

oder die Rose genauer Beschreibung
oder *la rose dialectique, Dominique*
wieder ganz die deine

in schwachen Schwingungsmodi
unter 'nem rudimentären Himmel
„Schau – hier war mal eine Mauer"

Niemand hat dies gemacht
Es kam ganz von selbst
während des Sturms gestern

Yes in a circle

(Sarah's fifth)

Yes in a circle the imagined train
word after recent word
you make them up to come to mean
light to shadow day
pond as music's mirror
trees cut from yarrow stalks
would be real in order to seem
a reasonable green place
a reasonable number of roads
some straight, some curved and narrow
beside rails whose perfect parallels
are nowhere else to be seen
but in a sealed and measured space
called here and now for now

Ja in einem Kreis

(Sarahs fünftes)

Ja in einem Kreis der erdachte Zug
Wort auf jüngstes Wort
du stellst sie zusammen so dass sie sinnfällig werden
Licht zu Schattentag
Teich als Spiegel von Musik
Bäume von Schafgarbenstengeln geschnitten
wären wirklich so dass sie erschienen
als angemessen grüner Platz
als angemessene Zahl von Straßen
manche gerade, manche kurvig und eng
neben Gleisen deren vollkommene Parallelen
sonst nirgends zu sehen sind
als in einem versiegelten und abgemessenen Raum
der für jetzt hier und jetzt heißt

Aus:

AT PASSAGES (1995) AUF PASSAGEN

Letters to Zanzotto
Letter 5

Desired, the snow falls upward,
the perfect future, a text
of wheels. You where born here
between noise and anti-noise
in first bits of film,

silvers of image, the *of*
and its parts—particle
as wave—the perfect
future's step, its thousand lakes
bells, remarks, lunations and dismays

Days were called the speed book
then the scream book, rail
book then the book of rust, perfect-
bound, perfect shadow of a clock
the photophilographer assembles in negative,

negative sun or negative shade,
negative dust pulled from the ground
and the images negated in ornate frames,
firebricks, funnels and trucks,
figment and testament as one

Briefe an Zanzotto
Brief 5

Wenn gewünscht, fällt der Schnee aufwärts,
die perfekte Zukunft, ein Räder-
Text. Du wurdest hier geboren
zwischen Lärm und Anti-Lärm
in ersten Schnipseln von Film,

Bild-Silber, dem *von*
und seinen Teilen – Partikel
als Welle – den Schritten
perfekter Zukunft, ihren tausend Seen
Schellen, Bemerkungen, Mondwechseln und Schrecken

Tage hießen das rasende Buch
dann das Schrei-Buch, Schienen-
Buch, dann das Rost-Buch, perfekt-
wärts, perfekter Schatten einer Turmuhr,
den der Photophilograph sammelt als Negativ,

negative Sonne oder negativer Schatten,
negativer Staub vom Boden abgezogen
und die Bilder negiert in Schmuckrahmen,
Schamotten, Schloten und Loren,
Erdichtung und Testament als eins

Letter 8

(cirrostratus)

So *A*'s finally, alephs and arcades,
the bone-dice thrown

beside the chained gates
And the cawing of out-there: bells, charged
        hearts, old films

threaded past narrative's lip
But what does the whir- the wer- what does the word

need—world need to be gone—to perform—what
does the world

before you need
to become perfect

They are swimming below the cliff-heads and the wind
Brickworld, chimneys, when-if-not-

When-if-not-when, foam
and wrack, wheeling of terns

And aloud, unearthed
As a language of nets

Actual blue and citron
Actual grey underleaf—so

many bundles to burn—take them to the woods
and burn them in heaps

A's before B's
Take the versions in your mouth

Take inside into your mouth
unearthed, all smoke, blue

and citron, actual word
for that earth and that smoke

Brief 8

(Zirrostratus)

Also A's schließlich, Alephs und Arkaden,
der beinerne Würfel neben

die Kettenpforten geworfen
Und das Krächzen von Da-Drauß: Schellen, beschwerte
Herzen, alte Filme

über der Erzählung Lippe hinausgespult
Aber was braucht das Wirr- das Wer- das Wort

– fort soll die Welt gegangen sein – um zu vollführen – was
braucht die Welt

bevor du
perfekt zu werden brauchst

Sie schwimmen unter den Felsnasen und dem Wind
Ziegelsteinwelt, Kamine, wenn-wo-nicht-

Wenn-wo-nicht-wenn, Gischt
und Wrack, Kreisen von Seeschwalben

Auch laut, offengelegt
wie eine Sprache aus Netzen

Wirkliches Blau und Zitron
Wirkliches graues Unterblatt – so

viele Bündel zum Verbrennen – bring sie zum Wald
und verbrenn sie in Haufen

A's vor B's
Nimm die Fassungen in deinen Mund

Ins Innere deines Munds nimm
offengelegt, allen Rauch, blau

und zitron, wirkliches Wort
für diese Erde und diesen Rauch

Construction of the Museum

In the hole we found beside the road
something would eventually go

Names we saw spelled backward there

In the sand we found a tablet

In the hole caused by bombs
which are smart we might find a hand

It is the writing hand
hand which dreams a hole

to the left and the right of each hand

The hand is called day-inside-night
because of the colored fragments which it holds

We never say the word desert
nor does the sand pass through the fingers

of this hand we forget
is ours

We might say, Memory has made its selection,
and think of the body now as an altered body

framed by flaming wells or walls

What a noise the words make
writing themselves

for E. H.
11 apr 91

Erbauung des Museums

In das Loch das wir neben der Straße fanden
würde am Ende etwas passen

Namen sahen wir dort rückwärts buchstabiert

Im Sand fanden wir eine Tafel

In dem von „schlauen“ Bomben gemachten
Loch könnten wir eine Hand finden

Es ist die Schreibhand
Hand die ein Loch träumt

zur Linken und zur Rechten jeder Hand

Die Hand heißt Tag-in-der-Nacht
wegen der bunten Splitter die sie hält

Wir sagen nie das Wort Wüste
noch rinnt Sand durch die Finger

dieser Hand wir vergessen
dass sie unsre ist

Wir könnten sagen: Gedächtnis hat seine Wahl getroffen,
könnten vom Körper jetzt als einem veränderten denken

gerahmt von flammenden Quellen oder Wällen

Welch einen Lärm die Wörter machen
wenn sie sich selber schreiben

für E. H.
11. Apr. '91

Wheel

You can say the broken word but cannot speak
for it, can name a precise and particular shade
of blue if you can remember its name
(Woman of the South, New Lilac, Second Sky?)

As the light, close to blinding, fell—falls
in bars across a particular page, this
then another, some other
followed far too closely by night

Or as the sleeping
pages recall themselves, one by one,
in dream-riddled, guarded tones,
recall themselves from path

to sloped meadow, meadow
to burnt shore, shore
to poised wave, dismay
to present, any present

of the bewildered and the buried alive
(we've been told they were buried alive)
Is there a door he hasn't noticed
and beyond it a letter which created the door

or claims it created the door
which would open either way

Rad

Du kannst das zerbrochene Wort sagen aber kannst nicht
für es sprechen, kannst einen genauen und besonderen Blauton
benennen wenn du dich nicht erinnern kannst wie er heißt
(Frau des Südens, Neuer Flieder, Zweiter Himmel?)

Während das Licht, beinahe blendend, in Streifen
über eine besondere Seite fiel – fällt, diese
dann noch eine, eine andere
viel zu nah von Nacht gefolgt

Oder während die schlafenden
Seiten sich erinnern, nacheinander,
in traum-gesiebten, gehüteten Tönen,
sich erinnern von Weg

zu abschüssiger Wiese, Wiese
zu verbrannter Küste, Küste
zu schwebender Woge, Furcht
zu Präsenz, irgendeiner Präsenz

der Verwirrten und lebendig Begrabenen
(man sagte uns sie seien lebendig begraben worden)
Ist da eine Tür die er nicht bemerkt hat
und hinter ihr ein Buchstabe der die Tür schuf

oder behauptet dass er eine Tür schuf
die sich zu beiden Seiten öffnet

“or anything resembling it”

The hills like burnt pages
Where does this door lead

Like burnt pages
Then we fall into something still called the sea

A mirrored door
And the hills covered with burnt pages

With words burned into the pages
The trees like musical instruments attempt to read

Here between idea and object
Otherwise a clear even completely clear winter day

Sometimes the least memorable lines will ring in your ears
The disappearing pages

Our bodies twisted into unnatural shapes
To exact maximum pleasure

From the view of what is in any case long gone and never was
A war might be playing itself out beyond the horizon

An argument over the future-past enacted in the present
Which is an invisible present

Neva streaming by outside the casement
Piazza resculpted with bricolage

Which way will the tanks turn their guns
You ask a woman with whom you hope to make love

In this very apartment
Should time allow

What I would describe as a dark blue dress with silver threads
And an overturned lamp in the form of a swan

A cluster of birches represents negativity
Flakes of ash continue to descend

We offer a city with its name crossed out
To those who say we are burning the pages

„oder etwas das ihm gleicht“

Die Hügel gleich verbrannten Seiten
Wohin führt diese Tür

Gleich verbrannten Seiten
Dann stürzen wir in etwas das immer noch Meer heißt

Eine gespiegelte Tür
Und die Hügel mit verbrannten Seiten bedeckt

Mit Wörtern in die Seiten gebrannt
Die Bäume gleich Musikinstrumenten versuchen zu lesen

Hier zwischen Idee und Gegenstand
Ansonsten ein klarer sogar völlig klarer Wintertag

Manchmal werden die nichtigsten Zeilen in deinen Ohren klingen
Die verschwindenden Seiten

Unsere Körper gekrümmt zu unnatürlichen Gestalten
Um höchste Lust zu erlangen

Aus der Sicht dessen was jedenfalls lang fort ist und nie war
Ein Krieg könnte sich jenseits des Horizonts abspielen

Ein Streit über die Zukunft-Vergangenheit im Jetzt aufgeführt
Was ein unsichtbares Jetzt ist

Newa strömt vor dem Fenster vorbei
Piazza mit gebastelten Plastiken wiederbestückt

Wohin werden die Tanks ihre Rohre richten
Du fragst eine Frau mit der du zu schlafen hoffst

Genau in dieser Wohnung
So es die Zeit erlaubt

Was ich beschreiben würde als ein dunkelblaues Kleid mit Silberfäden
Und eine umgedrehte Lampe in Schwanform

Ein Schwarm von Birken stellt Negativität dar
Ascheflocken fallen fürderhin

Eine Stadt mit ausgekreuztem Namen bieten wir
Denen die sagen dass wir die Seiten verbrennen

Who Is To Say

Who is to say
that the House of Tongues is not that place
where rats swarm around your feet
under blooming sofas

is not that place
of poisoned snows, pens run dry
and secrets now to late to know
and certainly the murmuring there below

was a mur- was a mur- was a
murmuring almost to be heard
a bubbling like water
invisible, underneath

And look the shadow of a wing
does fall here as blood
does drink deeply of itself
and does whisper yes for no

Once these faces behind glass
might have returned your glance
might even have gathered up
their limbs, in order to stand

Who is to say
that certain of their words did not spill out
as far as the eyes of cats could see
across the river in the dark

Leningrad
15 sep 90

Wer Soll Sagen

Wer soll sagen
dass das Haus der Zungen nicht jener Ort ist
wo Ratten um deine Füße wimmeln
unter verflixten Sofas

nicht jener Ort
vergifteten Schnees ist, Füller versiegen
und Geheimnisse jetzt zu spät dran
und gewiss das Murmeln dort unten

war ein Mur- war ein Mur- war ein
fast hörbares Murmeln
ein Plätschern wie Wasser
unsichtbar, darunter

Und schau der Schatten eines Flügels
tropft hier als Blut herab
trinkt übermäßig von sich selbst
und flüstert ja statt nein

Einst haben diese Gesichter hinter Glas
vielleicht deinen Blick zurückgeworfen
haben vielleicht ihre Glieder
aufgerafft, um aufrecht zu stehen

Wer soll sagen
dass manche ihrer Wörter nicht so weit
hervorquollen wie die Augen von Katzen
über den Fluss im Dunkeln sehen könnten

Leningrad
15. Sept. '90

Poem

So we travelled
with a mote in each eye

always parallel
to horizon, always sideways

Clouds rose from crumbling brick
where symmetries spoke of bread

They spoke of letters lost
in cellars and halls

and whispered the coming of snow
though far too softly to be heard

Gedicht

So reisten wir
mit einem Splitter in jedem Auge

immer parallel
zum Horizont, immer seitwärts

Wolken entstiegen bröckelndem Backstein
wo Symmetrien von Brot sprachen

Sie sprachen von Briefen
in Kellern und Fluren verloren

und flüsterten das Nahen von Schnee
obschon viel zu leis um gehört zu werden

Eighth Sky

It is scribbled along the body
Impossible even to say a word

An alphabet has been stored beneath the ground
It is a practice alphabet, work of the hand

Yet not, not marks inside a box
For example, this is a mirror box

Spinoza designed such a box
and called it the Eighth Sky

called it the Nevercadabra House
as a joke

Yet not, not so much a joke
not Notes for Electronic Harp

on a day free of sounds
(but I meant to write "clouds")

At night these same boulevards fill with snow
Lancers and dancers pass a poisoned syringe,

as you wrote, writing of death in the snow,
Patroclus and a Pharaoh on Rue Ravignan

It is scribbled across each body
Impossible even to name a word

Look, you would say, how the sky falls
at first generally, then not at all

Two chemicals within the firefly are the cause,
twin ships, twin nemeses

preparing to metamorphose
into an alphabet in stone

St.-Benoît-sur-Loire
to Max Jacob

Achter Himmel

Es wird am Leib entlang gekritzelt
Unmöglich auch nur ein Wort zu sagen

Ein Alphabet war unter der Erde gelagert worden
Es ist ein Übungs-Alphabet, Werk der Hand

Doch nicht, nicht Zeichen im Innern eines Kastens
Dies ist, zum Beispiel, ein Spiegelkasten

Spinoza entwarf solch einen Kasten
Und nannte ihn Achter Himmel

nannte ihn Niekadabra-Haus
zum Scherz

Doch nicht, nicht so sehr ein Scherz
nicht Noten für Elektronische Harfe

an einem Tag ohne Wohllaute
(aber ich wollte „Wolken" schreiben)

Nachts füllen sich diese selben Boulevards mit Schnee
Lanzenträger und Tänzer reichen eine Giftspritze weiter,

wie du schriebst, als du vom Tod im Schnee schriebst,
Patroklus und Pharao auf der Rue Ravignan

Es wird quer über jeden Leib gekritzelt
Unmöglich auch nur ein Wort zu nennen

Schau, würdest du sagen, wie der Himmel sich senkt
sacht zuerst, dann überhaupt nicht

Zwei Chemikalien im Leuchtkäfer sind der Grund,
Zwillingsschiffe, Zwillingsnemesis

bereiten sich vor auf die Metamorphose
zu einem Alphabeth aus Stein

St.-Benoît-sur-Loire
für Max Jacob

SB

So a seed or syllable pitched into the well
disturbs the cloud-form, tears

the image from the bone. And so our weathers
ink themselves together,

dorsal crests and billows missewn
for a cloak. And you say,

Gaze of a breeze, empty sleeve.
You say, It has begun, has started

to begin, a little like mist.
And Mr. Dust (Street of Bees) insists

that there were hours, apples and stones,
terms of a circle marking what?

And coins grown dark, dogs
and cats against the factory walls,

tiny islands of gelatine light,
a dim go and all gone,

our thens to void the sunken head,
hands and the voiceless rest,

equal plod equal ground,
measured step by step.

SB

Ein Samen oder eine Silbe in den Brunnen geworfen
stört also die Wolkengestalt, reißt

das Bild vom Knochen. Und also fließen unsere Wetter
wie Tinte ineinander,

Wellen-Kämme und -Rücken schlecht vernäht
zu einem Umhang. Und du sagst:

Gaffende Brise, leerer Ärmel.
Du sagst: Es hat angefangen, hat begonnen

anzufangen, ein wenig wie Dunst.
Und Herr Staub (Straße der Bienen) besteht darauf

dass es Stunden gab, Äpfel und Steine,
Grenzen eines Kreises der was markiert?

Und eingedunkelte Münzen, Hunde
und Katzen vor den Fabrikmauern,

winzige Inseln aus Gelatine-Licht,
ein trübes Gehen und alles weg,

unsere Danns um den versunkenen Kopf zu leeren,
Hände und der stimmlose Rest,

gleiches Trotten gleicher Grund,
Schritt für Schritt gemessen.

Untitled (Far Away Near)

Still early still late
Have we asked enough questions about space
and what surrounds space
and the hands of a body tumbling through space

Still early still late
as a leaf might curl in a certain way
thinking to turn into carbonized lace
and a body might hurtle through space

Does a color experience pain
while falling through endless space
falling like a blob of sun or a peacock's call
(This June we have no rain at all)

How far away are the voices you hear
and those you can't seem to recall
Does each color recite a name
as if it were its own

yet almost unknowable like a fragrance of plums
(Your house is under repair your house is gone)
Question of the signs the bodies before us form
illegible as dust or eye of noon

Why did the Angel Phosphor arrive
in that city on that (white) night
caduceus held forward in its hand
We had joked that there was no city only winter

no winter only wind
only early and lateness, only streets and blown pages
then the day's final words
traced in silver fluid at the edge of the stage

What then if we spelled "after" with different letters
the letters for "first" or "last," for example
for "forest of burning boats" or "farther"
and it came to mean "the chaos of waterwheel"

ohne Titel (Weit Weg Nah)

Immer noch früh immer noch spät
Haben wir genug Fragen gestellt über Raum
und was Raum umgibt
und die Hände eines Körpers der durch Raum taumelt

Immer noch früh immer noch spät
wie ein Blatt sich rollte in bestimmter Weise
um karbonisierte Spitze zu werden
und ein Körper durch Raum in rasender Reise

Empfindet eine Farbe Schmerz
während sie durch endlosen Raum fällt
wie ein Sonnenklecks fällt oder Pfauenschrei
(Überhaupt kein Regen – und Juni vorbei)

Wie weit weg sind die Stimmen die ihr hört
und jene die euch nicht einzufallen scheinen
Trägt jede Farbe einen Namen vor
als ob es ihr eigener wäre

doch kaum erkennbar wie ein Pflaumenduft
(Euer Haus wird repariert euer Haus ist fort)
Frage nach den Zeichen welche die Körper vor uns bilden
unleserlich wie Staub oder Mittagsauge

Warum erschien der Engel Phosphor
in dieser Stadt in jener (weißen) Nacht
den Merkurstab nach vorn gehalten
Wir hatten gescherzt es gebe keine Stadt nur Winter

keinen Winter nur Wind
nur Frühe und Späte, nur Straßen und verwehte Seiten
dann des Tags letzte Worte
am Bühnenrand in flüssigem Silber

Was dann wenn wir „nach“ mit anderen Buchstaben schrieben
den Buchstaben für „zuerst“ oder „zuletzt“, zum Beispiel
für „Wald brennender Boote“ oder „weiter weg“
und es schließlich „das Chaos des Schaufelrads“ meinte

or “the glow of the Thomson lamp”
What if spoken in muteness or danced without memory
What if as elsewhere or blinded, but watching the fire
helix of flames in the center of a square

Have we asked enough questions about changes of light
    over time
Use music if you want
Yet let it not reach the ear

for
the
dancers

oder „der Schein der Thomson-Lampe“
Was wenn es stumm gesprochen oder ohne Gedächtnis
getanzt würde
Was wenn wie anderswo oder geblendet, aber das Feuer
betrachtend
Flammenhelix in der Mitte eines Platzes

Haben wir genug Fragen gestellt über Lichtwechsel
die Zeit über
Nutzt Musik wenn ihr wollt
Doch lasst sie das Ohr nicht erreichen

für
die
Tänzer

Untitled

O you in that little bark
What is the relation of the painting to its title

The painting bears no relation to its title
The tiny boat bears

nameless people across
water what is infinitely dark

darker even than snow on paving stones
darker than faces in shadow on a boat

The boat is called Blunder, or Nothing, or Parallel Lines
The poem was called I Forget, then Empire, then
Game of Cards

a game played yesterday in milky light
light which played across the players' faces

and the arcane faces of the cards
There is no relation between the painting and its title

The painting came first then its title
The players are playing cards in a little boat

They are asleep and it is dark
Their dream is called The Orderly Electrons

One traveller dreams she does not belong
Another dreams with his eyes wide open

like a solemn philosopher
dead from an act of thought

Two more lie with limbs intertwined
The painting has no title

though it has been signed Keeper of the Book
the signature obviously forged

for D.S.

ohne Titel

O du in jenem kleinen Nachen
Welche Beziehung hat das Gemälde zu seinem Titel

Das Gemälde steht in keiner Beziehung zu seinem Titel
Das winzige Boot trägt

namenlose Leute übers
Wasser das unendlich dunkel ist

dunkler sogar als Schnee auf Pflastersteinen
dunkler als verschattete Gesichter in einem Boot

Das Boot heißt Schnitzer oder Nichts oder Parallele Linien
Das Gedicht hieß Ich Vergesse, dann Imperium, dann
Kartenspiel

ein Spiel gestern in milchigem Licht gespielt
Licht das über die Gesichter der Spieler spielte

und über die arkanen Bildseiten der Karten
Es gibt keine Beziehung zwischen dem Gemälde und seinem Titel

Das Gemälde kam zuerst dann sein Titel
Die Spieler spielen Karten in einem kleinen Boot

Sie schlafen und es ist dunkel
Ihr Traum heißt Die Geordneten Elektronen

Eine Reisende träumt nicht dazuzugehören
Ein anderer träumt mit weit offenen Augen

wie ein ernsthafter Philosoph
der durch einen Denkakt starb

Zwei weitere liegen da mit verflochteten Gliedern
Das Gemälde hat keinen Titel

obwohl es mit Hüter des Buchs signiert wurde
eine offenbar gefälschte Signatur

für D. S.

Writer's Dream (Untitled)

Untitled
and at night
a pen identical
with all other pens

and untitled at night
a "dream within a movie
called *The Petrified City*"
wherein you pictured

mistakenly
more light
Later it would be called
"Writer's Dream"

because it had no words
only certain
distances to serve
in place of a title

Traum des Schriftstellers (ohne Titel)

ohne Titel
und nachts
ein Stift identisch
mit allen anderen Stiften

und ohne Titel nachts
ein „Traum in einem Film
der heißt *Die versteinerte Stadt*“
du maltest darin

versehentlich
mehr Licht
Später würde er
„Traum des Schriftstellers“ heißen

weil er keine Worte hatte
nur bestimmte
Abstände die genügen
statt eines Titels

Untitled (September '92)

Or maybe this
is the sacred, the vaulted and arched, the
nameless, many-gated
zero where children

where invisible children
where the cries
of invisible children rise
between the Cimetière M

and the Peep Show Sex Paradise
Gate of Sound und Gate of Sand—
Choirs or Mirrors—
Choir like a bundle of tongues

Mirror like a ribbon of tongues
(such that images will remain
once the objects are gone)
Gate of the Body and Gate of the Law

Gate of Public Words, or Passages,
of Suddenness and Cells, Compelling Logic, Gate
of that Hat Filled with Honey
and Coins Bathed in Honey

As the light erases
As heat will etch a d, a design, a
descant of broken lines into glass
Exactly here

between thought and extended arm,
between the gate named for lies
and the double X of the empty sign,
a kind of serous field,

fluid scene or site
peopled with shadows
pissing blood in doorways
yet versed in the mathematics of curves,

theory of colors,
history of time
At Passages we peer out
over a tracery of bridges,

ohne Titel (September '92)

Oder vielleicht ist
dies die heilige, die gewölbte und gebogene, die
namenlose, vieltorige
Null worin Kinder

worin unsichtbare Kinder
worin die Schreie
unsichtbarer Kinder aufsteigen
zwischen dem Cimetière M

und dem Peep-Show-Sex-Paradies
Tor des Klangs und Tor des Sands –
Chöre oder Spiegel –
Chor wie ein Bündel Zungen

Spiegel wie ein Band von Zungen
(solcher Art dass Bilder bleiben
sobald die Dinge fort sind)
Tor des Körpers und Tor des Gesetzes

Tor der Öffentlichen Worte oder Passagen,
von Jäheit und Zellen, der Zwingenden Logik, Tor
des Honiggefüllten Hutes
und Honigumhüllter Münzen

Wie das Licht ausradiert
Wie Hitze ein Z, eine Skizze, eine
Verzierung gebrochener Linien in Glas ritzen wird
Genau hier

zwischen Gedanke und ausgestrecktem Arm,
zwischen dem für Lügen bestimmten Tor
und dem doppelten X des leeren Zeichens,
eine Art seröses Feld,

eine flüssige Szene oder Gegend
bevölkert von Schatten
die Blut in Eingänge pissen
doch versiert in der Mathematik von Kurven,

Farbenlehre,
Geschichte der Zeit
Auf Passagen spähen wir hinaus
über ein Filigran von Brücken,

patchwork of sails
At Desire is it possible
we speak without tongues
or see only with tongues

And at Lateness we say
This will be the last
letter you'll receive,
final word you'll hear

from me for now
Is it that a fire
once thought long extinguished
continues to burn

deep within the ground,
a fire finally acknowledged
as impossible to put out,
and that plumes of flames and smoke

will surface at random
enlacing the perfect symmetries
of the Museum of the People
and the Palace of the Book

Or that a Gate of Hours speaks
in a language unfamiliar,
unlike any known,
yet one clear enough

clear as any other
and clear as the liquid
reflection of a gate,
gate whose burnt pages

are blowing through the street
past houses of blue paper
built over fault lines
as if by intent

Flickwerk von Segeln
Auf Wunsch sprechen wir
möglicherweise ohne Zungen
oder sehen nur mit Zungen

Und im Verzug sagen wir
Dies wird der letzte Brief sein
den du erhältst,
das letzte Wort das du fürs Erste

von mir hörst
Ist es dass ein Feuer
einmal erloschen geglaubt
weiterbrennt

tief im Boden,
ein schließlich als unauslöschlich
anerkanntes Feuer,
und dass Flammenzungen und Rauchfahnen

aufs Geratewohl erscheinen
und die vollkommenen Symmetrien
des Museums des Volkes
und des Palasts des Buches umschlingen

Oder dass ein Stundentor spricht
in einer unvertrauten Sprache,
keiner bekannten ähnlich,
doch in einer die klar genug ist

klar wie irgendeine andere
und klar wie die Spiegelung
eines Tors im Wasser,
Tor dessen verbrannte Seiten

durch die Straße wehen
an Häusern aus blauem Papier vorbei
die wie aus Absicht
über Verwerfungslinien erbaut sind

Untitled (kN)

We made a week of eight days
Each day a new bird spoke

from a bird book, a book of streets and names
codices and vanishings

Each new day we passed the body's name
from hand to hand, eye to ear

according to a script spoken by the ear
on the second day, maybe the third

incomprehensible to us all
in sleep, this promise

or week of promises
and parallel songs

Press your hands everywhere said the songs
to each other back and forth

there's a book infinite as scissors
there's an irreparable book

a fragment like an arm
Let's make a week of eight days

each one the last to itself
each a book uttering a phrase

and each the remnant of one page
from a bird book, a forgotten book

of intervals, a lost book
Run your fingers down the page

ohne Titel (kN)

Wir machten eine Woche aus acht Tagen
An jedem Tag tönte ein neuer Vogel

aus einem Vogelbuch, einem Buch der Straßen und Namen
der Kodices und der Fluchten

An jedem neuen Tag ließen wir den Namen des Körpers
von Hand zu Hand gehen, von Auge zu Ohr

entsprechend einem vom Ohr gesprochenen Text
am zweiten Tag, vielleicht dem dritten

unverständlich für uns alle
im Schlaf, dieses Versprechen

oder Woche der Versprechen
und paralleler Lieder

Drückt überall eure Hände sagten die Lieder
einander hin und her

es gibt ein Buch unendlich wie eine Schere
es gibt ein irreparables Buch

ein Bruchstück wie ein Arm
Machen wir eine Woche aus acht Tagen

jeder Tag der letzte für sich
jeder ein Buch das einen Satz sagt

und jeder der Rest einer Seite
aus einem Vogelbuch, einem vergessenen Buch

von Intervallen, einem verlorenen Buch
Fahrt mit euren Fingern die Seite hinab

From the Anthology (W's Dream)

A book full of dark pictures
or was it a poem
discovered in a book
whose first line read

"A book full of dark pictures"
dark as the river of Eros
or Creation's mists
Who will ever notice

among such images
if we should exchange breath
for breath, enter
each other

with pain and pleasure mixed
as in a book full of dark pictures
dark as a dream of translation
or Creation's mists

Aus der Anthologie (Traum des S)

Ein Buch voll dunkler Bilder
oder war es ein Gedicht
in einem Buch entdeckt
dessen erste Zeile lautete

„Ein Buch voll dunkler Bilder"
dunkel wie der Fluss Eros
oder die Nebel der Schöpfung
Wer wird inmitten solcher

Bilder bemerken
ob wir Atem gegen Atem
tauschen, ineinander
eintreten

mit Schmerz und Freude zugleich
wie in einem Buch voll dunkler Bilder
dunkel wie ein Traum von Übersetzung
oder die Nebel der Schöpfung

Under the Perseids

Even as it passes
we can't make out its name

Yet a river of stone
could have been a river

and the b—the buzz—of blessing
might have been all knowledge

swimming in a blank book
a stone book opened flat

or maybe just a phrase book
where bread translates as bread

felt opposite of itself
and a listing boat—a stone boat—

mistakes its tongue for a sail
An encounter, it says

as if such were as simple
as tossing dust in the air

There is a list, it says, more or less
of what we are, what we own

a window and a door
the steps leading in

These glasses are mine, for example,
this question, the angle of a gaze

the paradise it describes
and the one it denies

A few friends are seated on a verandah
in impossibly heavy air

The music floating up
seems some combination

Unter den Perseiden

Selbst als er vorbeizieht
können wir seinen Namen nicht erkennen

Doch ein Fluss aus Stein
könnte ein Fluss gewesen sein

und das S – das Summen – von Segen
könnte alles Wissen gewesen sein

schwimmend in einem leeren Buch
in einem glatt aufgeschlagenen steinernen Buch

oder vielleicht in einem Wörterbuch
das Brot mit Brot übersetzt

als Gegensatz von sich verspürt
und ein Boot mit Schlagseite – ein steinernes Boot –

hält seine Sprache fälschlich für ein Segel
Eine Begegnung, sagt es,

als ob das so einfach wäre
wie aufwirbelnder Staub in der Luft

Es gibt eine Liste, sagt es, mehr oder weniger
davon was wir sind, was wir besitzen

ein Fenster und eine Tür
die Eingangstreppe

Diese Brille gehört mir, zum Beispiel,
diese Frage, der Winkel eines Blicks

das Paradies das er beschreibt
und was er verleugnet

Ein paar Freunde sitzen auf einer Veranda
in einer unmöglich lastenden Luft

Die Musik treibt hoch
erscheint als Kombination

of theramin and washboard
fiddle and mandolin

We do not believe it
Do we believe instead

in the blue of history,
the flare of a spirit lamp

bridging two bodies,
how the surface of the hand

will imitate a map
Whatever it is

mirror to mirror
that suddenness of crows

tremor as the body opens
always perishing

to Jerry Estrin

von Theremin und Waschbrett
Fiedel und Mandoline

Wir glauben ihr nicht
Glauben wir stattdessen

an das Blau der Geschichte,
das Flackern einer Spirituslampe

überbrückt zwei Körper,
wie die Handoberfläche

eine Landkarte nachahmen wird
Was immer es ist

Spiegel zu Spiegel
diese Jäheit von Krähen

Beben während der Körper sich öffnet
immer zugrunde gehend

für Jerry Estrin

Autobiography 2 (hellogoodby)

The Book of Company which
I put down and can't pick up

The Trans-Siberian disappearing,
The Blue Train and the Shadow Train

Her body with ridges like my skull
Two children are running through the Lion Cemetery

Five travelers are crossing the Lion Bridge
A philosopher in a doorway insists

that there are no images
He whispers instead: Possible Worlds

The Mind-Body-Problem
The Tale of the Color Harpsichord

Skeleton of the World's Oldest Horse
The ring of O dwindles

sizzling round the hole until gone
False spring is laughing at the snow

and just beyond each window
immense pines weighted with snow

A philosopher spread-eagled in the snow
holds out his Third Meditation

like a necrotic star. He whispers:
archery is everywhere in decline,

photography the first perversion of our time
Reach to the milky bottom of this pond

to know the feel of bone
a knuckle from your grandfather's thumb,

the maternal clavicle, the familiar
arch of a brother's brow

Autobiografie 2 (hallolebwohl)

Das Buch des Umgangs das
ich niederschrieb und nicht auflesen kann

Die verschwindende Transsibirische Bahn,
der Blue Train und der Shadow Train

Ihr Körper mit Kuppen wie mein Schädel
Zwei Kinder rennen durch den Löwen-Friedhof

Fünf Reisende gehen über die Löwen-Brücke
Ein Philosoph in einer Tür besteht darauf

dass es keine Bilder gibt
Er flüstert stattdessen: Mögliche Welten

Das Geist-Körper-Problem
Die Erzählung vom Farben-Spinett

Skelett des Ältesten Pferdes der Welt
Der O-Ring schwindet

und zischt ums Loch bis er fort ist
Falscher Frühling verlacht den Schnee

und direkt unter jedem Fenster
sind riesige Kiefern schneebeschwert

Ein Philosoph streckt im Schnee alle viere von sich
und hält seine Dritte Meditation hin

wie einen brandigen Stern. Er flüstert:
Bogenschießen ist überall im Rückgang,

Fotografie die erste Perversion unserer Zeit
Lange auf den milchigen Grund dieses Teichs

um zu wissen wie Gebein sich anfühlt
ein Knöchel von deines Großvaters Daumen,

das mütterliche Schlüsselbein, der vertraute
Brauenbogen eines Bruders

He was your twin, no doubt,
forger of the unicursal maze

My dearest Tania, When I get a good position in the courtyard
I study their faces through the haze

Dear Tania, Don't be annoyed,
please, at these digressions

They are soldering the generals
back onto their pedestals

for A. C.

Er war dein Zwilling, ohne Zweifel,
Erfinder des Einbahn-Labyrinths

Meine liebste Tania: Wenn ich eine gute Stelle finde im Hof
studiere ich ihre Gesichter durch den Dunst

Liebe Tania: Bitte, ärgere dich nicht
über diese Abschweifungen

Sie schweißen die Generäle
wieder auf ihre Sockel

für A.C.

Aus:

THE PROMISES OF GLASS (2000)
DIE VERSPRECHEN VON GLAS

The White Notebook

But we have painted over the chalky folds,
the snow- and smoke-folds, so carefully,
so deftly that many (Did you bet

on the margins, the clouds?) that many
will have gone, unnoticed,
under. Water under water,

"earth that moves beneath earth."
We have added
silver to the river, dots of silver,

red, figures-which-are-not. Tell
me what their names might have been,
what were last and first, what spells

the unfamiliar, awkwardly whispered, syllable?
And what of the blue rider, the Arab
horseman, the *cavalier* composed

of two shades of blue, one
from Vermeer's Delft, the other
from that metallic element called

cobalt, *Kobolt*, goblin? What scene
is he watching? Is it expired space
the fixed eye observes? Is it

the river which has no center, the
whiteness of the city when you say
Paris is white? Is it the arches

of the bridges now narrowed to slits?
Is it the liquid
voices themselves

he watches grow silent?
The voice of closed eyes?
Or the two

impossible young
in the lighted room
who speak only of rain?

Das Weiße Notizbuch

Doch wir haben die Kalkfalten,
die Schnee- und Rauchfalten, so sorgfältig,
so geschickt übermalt, dass viele (Hast du auf

die Ränder, die Wolken gewettet?) dass viele,
unbemerkt, untergegangen
sein werden. Wasser unter Wasser,

„Erde die sich unter der Erde bewegt".
Wir haben dem Fluss
Silber hinzugefügt, Silberpunkte,

Rot, Figuren-die-es-nicht-gibt. Sag
mir wie sie hätten heißen können,
welche zuletzt und zuerst, was die

unbekannte, unbeholfen geflüsterte Silbe ausspricht?
Und was ist mit dem blauen Reiter, dem Araber
zu Pferde, dem *cavalier*, komponiert

aus zwei Blau-Tönen, einer von
Vermeers Delft, der andere
von jenem metallischen Element namens

Kobalt, *Kobold*, goblin? Welches Schauspiel
betrachtet er? Ist es ausgeatmeter Raum
den das starre Auge beobachtet? Ist es

der Fluss ohne Mitte, die
Weiße der Stadt wenn du sagst
Paris ist weiß? Sind es die Bögen

der Brücken jetzt zu Schlitzen verengt?
Sind es die flüssigen
Stimmen selbst

die er verstummen sieht?
Die Stimme geschlossener Augen?
Oder die beiden

unglaublich jungen Leute
in dem erhellten Raum
die nur von Regen reden?

Scene which has no center
or whose center is empty,
elsewhere. The way white is said

rejoining an earlier whiteness
between the done and the not-yet
rolling off the tongue

almond, almond-eyed,
eyeless, denialwhite
as the zero code, wordless,

a language of rhythm and breath.
(In erasure the chestnut
flowering toward origin

among the names for white:
blanc de titane, blanc de zinc.)
I met her there at the crossroads.

I don't remember who spoke.
Two breaths, two patterns of echo.
We have painted a bridge's eyes

narrowed, its mouth spurting sand,
dots, more dots, bright,
not visible to the eye.

River of dots rising,
stream of sand with no center.
This was both before and after.

Palette knife beside a photograph.
At recess the children's cries
through the studio windows,

station clocktower to the right,
ochre of expanding sound,
tongue to mute tongue, tendrils—

tendons—over rooftops.
Didn't it turn me—
he asks of his eye—

Szene ohne Mitte
oder deren Mitte leer ist,
anderswo. Die Weise wie

Weiß sich zu früherem Weiß fügen soll
zwischen dem Getanen und dem Noch-Nicht
das der Zunge entrollt

Mandel, mandeläugig,
augenlos, leugnungsweiß
wie der Nullcode, wortlos,

eine Sprache von Rhythmus und Atem.
(In Auslöschung blüht die Kastanie
dem Ursprung entgegen

inmitten der Namen für Weiß:
blanc de titane, blanc de zinc.)
Ich traf sie dort an der Kreuzung.

Ich erinnere mich nicht wer sprach.
Zwei Atemzüge, zwei Echo-Muster.
Wir haben die verengten Augen

einer Brücke gemalt, ihren sandspeienden Mund,
Punkte, weitere Punkte, helle,
nicht sichtbar fürs Auge.

Fluss steigender Punkte,
Sand-Strom ohne Mitte.
Dies war davor und danach zugleich.

Palettmesser neben einer Fotografie.
In der Schulpause Kindergeschrei
durch die Atelierfenster,

Bahnhofsuhrturm zur Rechten,
Ockerton sich dehnenden Klangs,
Zunge um Zunge zu dämpfen, Ranken –

Sehnen – über Firste.
Wandelte es mich nicht –
fragt er von seinem Auge –

didn’t it polish me
like one of its stones,
remingle and remake me

and draw me quickly down
to where each night in sand
the hour sounds?

We met there at the crossroads
near the small arcades.

I can’t recall who first spoke,
who said, “the darkness of white.”

We shared one shadow.
In the heat she tasted of salt.

polierte es mich nicht
wie einen seiner Steine,
mischte und schuf es mich nicht neu

und zog mich rasch hinab
dorthin wo jede Nacht in Sand
die Stunde tönt?

Wir trafen uns dort an der Kreuzung
nahe den engen Arkaden.

Ich kann mich nicht erinnern wer zuerst sprach,
wer „das Dunkle des Weißen" sagte.

Wir teilten einen einzigen Schatten.
In der Hitze schmeckte sie nach Salz.

Autobiography

All clocks are clouds.

Parts are greater than the whole.

A philosopher is starving in a rooming house, while it rains outside.

He regards the self as just another sign.

Winter roses are invisible.

Late ice sometimes sings.

A and *Not-A* are the same.

My dog does not know me.

Violins, like dreams, are suspect.

I come from Kolophon, or perhaps some small island.

The strait has frozen, and people are walking—a few skating—
across it.

On the crescent beach, a drowned deer.

A woman with one hand, her thighs around your neck.

The world is all that is displaced.

Apples in a stall at the streetcorner by the Bahnhof, pale yellow
to blackish red.

Memory does not speak.

Shortness of breath, accompanied by tinnitus.

The poet's stutter and the philosopher's.

The self is assigned to others.

A room from which, at all times, the moon remains visible.

Leningrad cafe: a man missing the left side of his face.

Disappearance of the sun from the sky above Odessa.

True description of that sun.

A philosopher lies in a doorway, discussing the theory of colors

Autobiografie

Alle Wecker sind Wolken.

Teile sind mehr als das Ganze.

Ein Philosoph hungert in einem Mietshaus, während es draußen regnet.

Er betrachtet das Selbst als einfach ein weiteres Zeichen.

Winterrosen sind unsichtbar.

Spätes Eis singt manchmal.

A und *Nicht-A* sind dasselbe.

Mein Hund kennt mich nicht.

Violinen sind, wie Träume, verdächtig.

Ich komme aus Kolophon oder vielleicht von irgendeinem Eiland.

Die Meerenge ist zugefroren und Leute überqueren sie – ein paar
auf Schlittschuhen.

Am sichelförmigen Strand, ein ertrunkener Hirsch.

Eine einhändige Frau, ihre Schenkel um deinen Hals.

Die Welt ist alles was verstellt ist.

Äpfel in einem Stand an der Straßenecke beim *Bahnhof* sind blassgelb
bis schwärzlich rot.

Erinnerung spricht nicht.

Kurzatmigkeit, von Tinnitus begleitet.

Das Stammeln des Dichters und das des Philosophen.

Das Selbst ist anderen zugewiesen.

Ein Zimmer von dem, jederzeit, der Mond sichtbar bleibt.

Café in Leningrad: Einem Mann fehlt die linke Gesichtshälfte.

Verschwinden der Sonne vom Himmel über Odessa.

Getreue Beschreibung dieser Sonne.

Ein Philosoph liegt in einer Tür und diskutiert die Farbenlehre

with himself

the theory of self with himself, the concept of number, eternal
return, the sideral pulse

logic of types, Buridan sentences, the *lekton*.

Why now that smoke off the lake?

Word and thing are the same.

Many times white ravens have I seen.

That all planes are infinite, by extension.

She asks, Is there a map of these gates?

She asks, Is this the one called Passages, or is it that one to the west?

Thus released, the dark angels converse with the angels of light.

They are not angels.

Something else.

for Paul Borum

mit sich selbst

die Theorie des Selbst mit sich selbst, den Zahlenbegriff, die ewige
Wiederkehr, das Pulsieren der Sterne

die Typenlogik, Buridans Sentenzen, das *lekton*.

Warum steigt jetzt dieser Nebel vom See auf?

Wort und Ding sind dasselbe.

Vielmals weiße Raben habe ich gesehen.

Dass alle Ebenen unendlich sind, durch Ausdehnung.

Sie fragt: Gibt es eine Karte von diesen Toren?

Sie fragt: Heißt dieses hier Passagen oder ist es das westliche?

Derart befreit, unterhalten sich die dunklen Engel mit den Engeln des Lichts.

Sie sind keine Engel.

Etwas anderes.

für Paul Borum

If Not, Not

They tell each other stories,
lies composed as dreams and
always in the colors of
dreams: rust, chrome yellow, coral,
chemical green. Of the dying
figures, loosely assembled, by a
riverbank. The gatehouse. A journey
by train through beautiful countryside,
indescribable countryside. I was there
cut in half, only to
survive. A young dancer, standing
at the third-floor window. Cobalt
blue, argentine, bone white. What
we called that hour in
those days. He means to
say that on that same
hill Goethe and Eckermann would
sometimes walk. "Always the old
story, always the old bed
of the sea!" He means
to say, The music of
moths, the small lamps. She
stares from the window on
the third floor, toward the
square below. He says, These
are yellow-hammers and sparrows, but
there are no larks. Come
Whitsuntide, the mockingbird and the
yellow thrush will arrive. Here
at the heart, a small
pond, stagnant in the shadow
of smoke. The late flowers.

If Not, Not

Sie erzählen einander Geschichten,
Lügen wie Träume gebaut und
immer in den Farben von
Träumen: rostrot, chromgelb, korallenfarben,
chemisches Grün. Von den färbenden, sterbenden
Figuren locker versammelt, an einem
Flussufer. Das Torhaus. Eine Zug-
Fahrt durch schöne Gegend,
unbeschreibliche Gegend. Ich wurde dort
halbiert, nur um zu
überleben. Eine junge Tänzerin stand am Fenster
im zweiten Stock. Kobalt-
blau, silbern, knochenweiß. Was
wir diese Stunde nannten
in jenen Tagen. Er will
sagen dass Goethe und Eckermann
manchmal auf demselben Hügel
spazieren gingen. „Immer die alte
Geschichte, immer das alte Bett
des Meers!“ Er will
sagen: Die Musik von
Faltern, die kleinen Lampen. Sie
starrt aus dem Fenster
im zweiten Stock auf
den Platz unten. Er sagt: Das
sind Goldammern und Sperlinge, aber
keine Lerchen. Zu
Pfingsten werden Spottdrossel und
Gelbdrossel kommen. Hier
am Herzen, ein kleiner
Teich, stehendes Wasser im Rauch-
Schatten. Die späten Blumen.

Call

If I do not watch the printer it will print a thing I
recognize not.
His sunglasses shattered he threw them into the Lake of
Lost Souls or Last Songs.

I recognized the lake.
In winter it freezes this is not winter.

In that bleak season we don our skates and carve
intricate patterns into the ice, patterns
absolutely precise, and into the air jagged lines.
By the side of the lake we take tea disguised as Moravian beer.

We watch the bent fisherman in his skiff, couples idling
amid the willows and loosestrife, rehearsing for a
thing not yet known.
My eyes burn from the glare.

Still I recognize the woman seated opposite.
Her eyes are almond-shaped, almost almond-hued, a color
I can't quite name.

She calls me by a name I don't recognize as ever having
been one of mine.
The play is it going well have they learned theirs parts
shouldn't you be getting back.

Did you rewrite the first act.
Do you know the Canal District the warehouses there.

Man set afire.
Belongings beside him.

Look how that one's tossing her hair.
I had a professor long ago who spoke of perfect
symmetries.

He asked me to his cottage by the sea.
Now you must really leave besides I'm afraid we'll be seen.

They glide across the mirror surface of the lake, singly
and in pairs, no music except the click of their skates.
She is practicing her figured eights.

Ruf

Wenn ich nicht auf den Drucker achte druckt er eine Sache die ich
nicht erkenne.
Seine Sonnenbrille zerbrach er warf sie in den See der
Verlorenen Seelen oder der Letzten Lieder.

Ich erkannte den See.
Im Winter friert er zu es ist nicht Winter.

In jener rauen Jahreszeit ziehen wir unsere Schlittschuhe an und
ritzen komplizierte Muster ins Eis, absolut
präzise Muster, und in die Luft Zackenlinien.
Am Seeufer trinken wir Tee der als mährisches Bier getarnt ist.

Wir beobachten den gebeugten Fischer in seinem Boot, Paare
die zwischen Weiden und Weiderich lungern und etwas üben
das sie noch nicht kennen.
Meine Augen brennen vom Starren.

Doch erkenne ich die gegenübersitzende Frau.
Sie hat Mandelaugen, fast mandelfarben, ein Ton
den ich nicht ganz benennen kann.

Sie ruft mich mit einem Namen ich erkenne nicht
dass es je einer von meinen war.
Das Spiel geht es gut haben sie ihre Partes gelernt
solltest du nicht wiederkommen.

Schriebst du den ersten Akt um.
Kennst du den Kanalbezirk die Warenhäuser dort.

Angezündeter Mann.
Habseligkeiten neben ihm.

Schau wie diese da ihr Haar schüttelt.
Ich hatte vor langer Zeit einen Professor der von vollkommenen
Symmetrien sprach.

Er lud mich zu seiner Kate am Meer ein.
Jetzt musst du wirklich gehen außerdem fürchte ich wir werden gesehen.

Sie gleiten über die Spiegelfläche des Sees, einzeln
und paarweise, keine Musik außer dem Klicken ihrer Schlittschuhe.
Sie übt ihre Achten.

Ballad of Necessities

The moon has been sheared
and so this medicine is good

for nightmares, good for salt tears.
Haven't we watched them grow and glow

in bubbles of cadmium white for years
until a space takes shape at last

not to be measured or known?
Was that or wasn't that the goal?

There's a torso bent double—a woman's—
in a cage of infinite size,

infinitely large and infinitely small,
whose bars are bleached bones.

There's a coven of witches
sullen und bored, hiking their skirts

and hopping across stones,
a feral pig with the head of a dog,

a troll whose ears sprout thorny twigs,
whose curses are songs

of the undoing of form
and of bringing to harm.

All these things we make real for what reason
coloring their eyes an acid green

and forking their swollen tongues?
It's a question never again

to be asked. Just leave them, our shadows, to sing
awful words and dance.

for Augusta

Ballade der Notwendigkeiten

Der Mond ist geschoren worden
und daher wirkt diese Medizin

gegen Alpträume, gegen salzige Tränen.
Haben wir nicht zugesehen wie sie schwollen und glommen

in Kadmiumblasen weiß über Jahre
bis ein Raum zuletzt Gestalt annimmt

nicht um gemessen oder gekannt zu werden?
War dies oder dies nicht das Ziel?

Da ist ein gekrümmter Torso – der einer Frau –
in einem Käfig von unbegrenzter Größe,

unendlich groß und unendlich klein,
mit gebleichten Knochen als Stäben.

Da ist ein Zirkel von Hexen
griesgrämige und angeödete, die ihre Röcke

heben und über Steine hüpfen,
ein Wildschwein mit Hundekopf,

ein Troll dessen Ohren Dornenzweige treiben,
dessen Flüche Lieder sind

vom Auflösen der Form
und vom Zuleidetun.

All diese Wesen warum machen wir sie wirklich
und färben ihre Augen giftgrün

und gabeln ihre geschwollenen Zungen?
Das ist eine Frage die nie mehr

gestellt werden soll. Lass sie einfach, unsere Schatten, und sing
grässliche Worte und tanz.

für Augusta

Lens

You are identical with a wooden match
An ace of spades has fallen from the pack

onto a surface both curved and flat
while visitors pass in the heat outside

unaware of the players of cards
faded figures who are photographs

Does speech break on their lips
at the outside corner of either eye

Do they know the edge where the body ends
Did we listen to part song through a lens

Linse

Du bist identisch mit einem Zündholz
Ein Pik-As ist vom Kartenstoß gefallen

auf eine Oberfläche zugleich gekrümmt und plan
während Besucher in der Hitze draußen vorbeigehen

ohne die Kartenspieler zu bemerken
verblasste Gestalten die Fotos sind

Bricht sich Sprache auf ihren Lippen
am äußeren Winkel jedes Auges

Kennen sie den Rand wo der Körper endet
Lauschen wir um Lied durch eine Linse zu teilen

Tower

Awake way into the night
while the metaphor of clouds sailed by
or should we say slowed by

stole by snowed by
darkest left to darkest right
and zones of time likewise

and a milky stone folded into time.
Time was I was a jelly donut,
the unconsoled, the sadly drooling heart

born with the evil one beside my bed
or maybe not. Time was
I could see the pencil but not the letters

yet thing by thing I began to see again
and my heart grew strong
and became a woman's heart,

a philosopher's heart. Here
are the letters m and a, just now,
the k of cat, the s of table,

just now, wind and racing sky,
the distant cathedral of Epifan',
and after repeating the words pine

then pond a few so many
times I wrote them down
just now and the word crocodile,

and Beograd, Priština, this night their fires.
Time was I would memorize
each thing that passed before my eyes

and scribe it on the magic list,
sleep's deeply secret table,
titled *My Life as a Futurist.*

Turm

Wacher Weg in die Nacht
während die Wolkenmetapher vorbeisegelte
oder sollten wir sagen vorbeischlich

sich vorbeistahl vorbeischneite
dunkelstes Links zu dunkelstem Rechts
und Zeitzonen gleichermaßen

und ein milchiger Stein in Zeit gehüllt.
Zeit war ich war ein glibbriger Krapfen,
das ungetröstete, das traurig überfließende Herz

geboren mit dem Bösen neben meinem Bett
oder vielleicht nicht. Zeit war
dass ich den Stift sehen konnte aber nicht die Buchstaben

doch Ding um Ding begann ich wieder zu sehen
und mein Herz erstarkte
und wurde das Herz einer Frau,

das Herz eines Philosophen. Hier,
gerade jetzt, sind die Buchstaben M und A,
das C von Katze, das S von Tafel,

gerade jetzt, Wind und jagender Himmel,
die ferne Kathedrale von Epifan',
und nachdem ich die Wörter Kiefer

dann Teich einige so viele
Male repetiert hatte schrieb ich sie auf
gerade jetzt und das Wort Krokodil,

und Belgrad, Priština, heute Nacht ihre Feuer.
Zeit war dass ich mir alles
was vor meinen Augen passierte

merken und in die magische Liste ritzen wollte,
streng geheime Tafel des Schlafs
mit dem Titel *Mein Leben als Futurist*.

Untitled (May '99)

The dance of the three-legged man
O yes I remember that

his many-colored coat his
hat I remember that

better even than my own
name if not as well

as the required equations
implanted in my youth

that youth I'm now told
I never actually had

and better than the rumble of streetcars
causing our beds to tremble

even as the heavy guns
approach the city's crumbling walls

guns that remind us of harpsichords
plucking out their variations

seemingly once again for a final time
one last dance three-legged man

ohne Titel (Mai ’99)

Der Tanz des dreibeinigen Manns
O ja ich erinnere mich daran

sein bunter Umhang sein
Hut ich erinnere mich daran

besser sogar als an meinen eigenen
Namen wenn nicht ebenso gut

wie an die erwünschten Gleichungen
eingepflanzt in meiner Jugend

jener Jugend von der mir jetzt erzählt wird
ich hatte sie nie wirklich

und besser als an das Rattern von Straßenbahnen
das unsere Betten beben machte

sogar als die schweren Geschütze
sich den bröckelnden Mauern der Stadt nähern

Geschütze die uns an Cembalos erinnern
die ihre Variationen hervorzupfen

anscheinend noch einmal zum letzten Mal
ein letzter Tanz dreibeiniger Mann

Aus:

COMPANY OF MOTHS (2005) GESELLSCHAFT VON FALTERN

And

The ship—what was her name, its name?
Was it The Moth? Or The Moth
that Electrifies Night? Or The Moth

that Divides the Night in Half
in its Passage toward the Fire?
The fire of forgetting, that is,

as we remember it,
while in the scatter song of dailiness
as it eddies out

near turns to far, beeches, red cedars and oaks
dating to the revolution, and a few long before,
suddenly in unison are seen to fall,

for so somewhere it is writ.
And your project abandoned in fragments
there beneath the elements,

the snow of the season enfolding it,
the flames of the season consuming it,
improving it: Hashish, the tales it

tells, the scented oils and modern festivals,
the sphinx-like heads and the shining ornaments
for ankle, waist, neck and wrist,

dioramas, cosmoramas, pleoramas
(from *pleo*, “I sail,” “I go by water”),
the hierophant in wax, the iron and glass,

the artificial rain and winds,
mosaic thresholds, all of this
bathed from above in diffuse light.

We share the invisible nature of these
things, our bodies and theirs.
And the moon did not appear that night.

to the memory of a suicide

Und

Das Schiff – was war sein Name?
Hieß es Der Falter? Oder Der Falter
der Nacht Elektrisiert? Oder Der Falter

der die Nacht Zweiteilt
im Übergang zum Feuer?
Das Feuer des Vergessens, nämlich,

wie wir uns daran erinnern,
während im Streulied des Alltäglichen
in seinem Hinausstrudeln

Nahes zu Fernem wird, zu Birken, Roten Zedern und Eichen,
die bis zur Revolution zurückreichen und noch etwas weiter,
und die man jäh unisono fallen sieht,

denn so steht es irgendwo geschrieben.
Und dein Vorhaben aufgegeben als Stückwerk
dort unterhalb der Elemente,

der Schnee der Jahreszeit umhüllt es,
die Flammen der Jahreszeit verzehren es,
verbessern es: Haschisch, die Geschichten die es

erzählt, die Duftöle und modernen Festivals,
die sphinx-artigen Köpfe und glänzenden Zierden
für Knöchel, Taille, Hals und Handgelenk,

Dioramen, Kosmoramen, Pleoramen
(von *pleo*: „ich segle“, „ich fahre zur See“),
der Hierophant in Wachs, der Stahl und das Glas,

der künstliche Regen und Winde,
Mosaikschwellen, all das
von oben in diffuses Licht getaucht.

Wir teilen die unsichtbare Natur dieser
Dinge, unserer Körper und ihrer.
Und der Mond erschien nicht heute Nacht.

zur Erinnerung an einen Suizid

Of

Of this photograph no one has taken

Eyes both a veil and sexual organ
The play as they always say

of light against shadow
first light then shadow then the shadow-play

Is it in color or black and white?

Yes it is in color or black and white

There are leaves drifting down,
a tiny skiff prepared to embark

across the waters of a painter's studio
toward a tower of clouds beyond the glass

The scatter of things

the room choking on pages
and the torn remnants of pages

No one to answer the telephone's ring
(Dearest Reader are there still phones
still rings?)

They are afloat the two of them
in a sea of something

or perhaps they are drowning
or waiting for the wind to gather them up

into a palinode, a canticle, a stanza

If she has a question
will it go unasked?

(Are there still questions and questions unasked
Dearest Reader from the future-past?)

Von

Von diesem Foto das niemand gemacht hat

Augen zugleich Schleier und Geschlechtsorgan
Das Spiel wie's immer heißt

von Licht gegen Schatten
zuerst Licht dann Schatten dann das Schatten-Spiel

Ist es in Farbe oder Schwarz-Weiß?

Ja es ist in Farbe oder Schwarz-Weiß

Da treiben Blätter hinab,
ein winziges Skiff, zur Abfahrt bereit

über die Wasser im Atelier eines Malers
auf einen Wolkenturm zu jenseits des Glases

Zerstreuen des Zeugs

das Zimmer an Seiten erstickend
und den zerfetzten Resten von Seiten

Niemand der ans läutende Telefon geht
(Teuerster Leser gibt es immer noch Telefone immer
noch Läuten?)

Sie treiben die beiden
in einem Meer von etwas

oder vielleicht ertrinken sie
oder warten dass der Wind sie aufliest

in eine Palinodie, einen Lobgesang, eine Stanze

Wenn sie eine Frage hat
wird diese ungestellt bleiben?

(Gibt es immer noch Fragen und ungestellte Fragen
Teuerster Leser aus der Zukunft-Vergangenheit?)

Berries brilliant orange on the hawthorn
this Wednesday late November

Blurred wing at the edge of the frame

Eyes unfocussed lost in her
thoughts as they always say

Eyes at once fixed and in motion

gilded aleph emerging from her mouth
mouth emerging from her mouth

So, it's claimed, an age begins

This photograph no one has seen
offers itself in evidence

Beeren glänzend orange auf dem Weißdorn
an diesem Mittwoch Ende November

Unscharfer Flügel am Rand des Rahmens

Nicht koordinierte Augen gedanken-
verloren wie's immer heißt

Augen zugleich fixiert und in Bewegung

vergoldetes Aleph aus ihrem Mund auftauchend
Mund aus ihrem Mund auftauchend

So, wird behauptet, beginnt ein Zeitalter

Dieses Foto das niemand gesehen hat
bietet sich als Beweis an

The Thought

We breathe in, we do not think
of it. We walk and we speak

beneath the blue-flowering trees
and do not think. We breathe.

We cross the stone bridge
above a fisherman in a skiff.

We pass the blind man, the legless man
and the woman who sings of a coming storm.

We sit by the river in the rising wind,
we raise the crazed cup to our lips

and do not think,
here where the light does not differ from dark,

here where pages tumble to the floor,
here in the lake of ink, the stain of ink

where we fashion a calendar from a wall.
Invisible lake, unreachable shore.

Exhale and do not think.
Close their eyes a final time close our eyes.

to Faraj Bayrakdar

Der Gedanke

Wir atmen ein, wir denken nicht
daran. Wir gehen und wir reden

unter den blau blühenden Bäumen
und denken nicht. Wir atmen.

Wir laufen über die Brücke aus Stein
unten ein Fischer in einem Skiff.

Wir passieren den Blinden, den Beinlosen
und die Frau die vom nahenden Sturm singt.

Wir sitzen am Fluss im aufkommenden Wind,
wir heben die rissige Tasse an unsere Lippen

und denken nicht,
hier wo das Licht sich nicht vom Dunkel unterscheidet,

hier wo Buchseiten zu Boden fallen,
hier im Tintensee, im Tintenfleck

wo wir aus einer Wand einen Kalender machen.
Unsichtbarer See, unerreichbares Ufer.

Atme aus und denke nicht.
Schließe ihre Augen ein letztes Mal schließe unsre Augen.

für Faraj Bayrakdar

Stone

What of that wolfhound at full stride?
What of the woman in technical dress
and the amber eye that serves as feral guide

and witness
to the snowy hive?
What of the singer robed in red

and frozen at mid-song
and the stone, its brokenness,
or the voice off-scene that says,

Note the dragonfly by the iris
but ask no questions of flight,
no questions of iridescence?

All of this
and the faint promise of a sleeve,
the shuttle's course, the weave.

What of these?
What of that century, did you see it pass?
What of that wolfhound at your back?

Stein

Was ist mit dem Wolfshund in vollem Lauf?
Was mit der Frau in Montur
und dem Bernstein-Auge leitend durch wilde Natur

und Zeuge
des Bienenstocks im Schnee?
Was mit der Sängerin in Rot

eingefroren mitten im Lied
und dem Stein, seinem Brüchigsein,
oder der Stimme aus dem Off die sagt:

Notiere die Libelle an der Iris
aber frage nicht nach dem Flug,
nach irisierendem Glanz?

All dies
und das schwache Versprechen einer Tülle,
Raumschiffchens Fahrt, gewebte Hülle.

Was ist damit?
Was mit diesem Jahrhundert, sahst du es gehen?
Was mit diesem Wolfshund hinter dir?

Untitled (February 2000)

The naked woman at the window
her back to you, bowing the violin

behind the lace curtain
directly above the street

is not a fiction
as the partita is not a fiction

its theme and variations
ornaments and fills

not a fiction
as the one-way street still

wet from all this
rain is no fiction

and nakedness not a fiction.
It reads us like a book

as we listen to its music
through milky eyes wide shut.

And what does this fiction think of us?
The rain, the notes, both softly fall.

Slight errors of intonation do not matter
in the faded green

notebooks where we record these
things, and conceal other things.

What's the name of that tree, anyway,
with yellow flowers, small silver leaves,

planted in the concrete—
I used to know.

As for today, Leap Year Day,
the window was empty.

ohne Titel (Februar 2000)

Die nackte Frau am Fenster
mit dem Rücken zu dir die

hinter dem Vorhang aus Spitze
direkt über der Straße Violine spielt

ist keine Fiktion
wie die Partita keine Fiktion ist

ihr Thema ihre Variationen
Verzierungen und Füllungen

keine Fiktion
wie die Einbahnstraße noch

nass von all diesem
Regen keine Fiktion ist

und Nacktheit keine Fiktion.
Sie liest uns wie ein Buch

während wir ihrer Musik lauschen
durch milchige weit geschlossene Augen.

Und was denkt diese Fiktion von uns?
Der Regen, die Töne, beide fallen leis.

Leichte Fehler der Intonation machen nichts
in dem verblassten Grün

Notizbücher worin wir diese Dinge
aufzeichnen, und andere Dinge verbergen.

Überhaupt, wie heißt dieser Baum
mit gelben Blüten, kleinen silbrigen Blättern,

eingepflanzt in den Beton –
das wusste ich doch mal.

Am heutigen Tag, Schaltjahrtag,
war das Fenster leer.

Untitled (July 2000)

The painter with no memory
paints the very thing

before him, this corner and its web,
this clock with its hands

frozen at five, neither day nor night.
Singing wordlessly

he paints the red and the green,
the shape, the sharpness of the thing,

the clear line of the lovers's chin,
the one who will betray him.

He thinks: to pass through needle's eye.
Spiraling juniper, threaded, illegible

sky, arbutus past flower, groundsel,
wild columbine. And at the turn

of the breath it is so, and so:
It peers blindly through the eye,

it is white, not quite white
and is heard through the eye.

And the blossoming of dust,
phosphorescence of bones,

transfigured flight of geese.
The painter with no memory

paints the single thing
she sees, the ballast of stones,

latter of mottled glass,
oval face, ashen-eyed, the dance

of the thing and its name,
lost limb and its shadow,

small paintings all of these,
each one the same.

ohne Titel (Juli 2000)

Der Maler ohne Erinnerung
malt genau das Ding

vor sich, diese Ecke und ihre Webe,
diese Uhr und ihre Zeiger

eingefroren um fünf, nicht Tag nicht Nacht.
Wortlos singend

malt er das Rot und das Grün,
den scharfen Umriss des Dings,

die klare Kinnlinie der Geliebten,
dieser die ihn im Stich lassen wird.

Er denkt: durchs Nadelöhr gehen.
Gewundener Wacholder, gefädelter, unleserlicher

Himmel, Erdbeerbaum nach der Blüte, Kreuzkraut,
wilde Akelei. Und bei der Atem-

Wende ist es so, und so:
Es späht blind durchs Auge,

es ist weiß, nicht ganz weiß
und wird durchs Auge gehört.

Und das Erblühen von Staub,
Phosphoreszieren von Knochen,

transfigurierter Gänseschwarm.
Die Malerin ohne Erinnerung

malt das einzelne Ding
das sie sieht, diesen Steinschotter,

Leiter aus Buntglas,
ovales Gesicht, aschenäugig, den Tanz

des Dings und seinen Namen,
verlorenes Glied und seinen Schatten,

kleine Gemälde sie alle,
jedes das Gleiche.

The Turn (December 2000)

So it is the lift, the shifting of earth, the turn
So it is the pleasure of green, so simply,

we think, and the singing of stones
So it is the same mountain, yet otherwise—

yet not entirely otherwise,
slant logic of the half-torn, final leaf,

twig across a sickle moon
wobbling in the nightbreeze,

and your moment of wild speech, while dying
So the closing of eyes,

then the coining of eyes
What color were the eyes

So it is the same house
of wood and pitted tile,

ringing of keys, yet otherwise
It is the pleasure of things,

disappearance of things,
odd feel of those things

turned in the hand
this way and that,

remembered by the hand,
the winding of the steps,

turning of the page, the book
and setting the book to one side

and adjusting the light,
fiddling with the light,

setting of the book aside
It is a kind of memory in the book,

a blank book, edges cuffed,
book lying open and shut

Die Wende (Dezember 2000)

Also ist es das Steigen, Sich-Verschieben der Erde, die Wende
Also ist es das Vergnügen an Grün, so einfach,

denken wir, und das Singen von Steinen
Also ist es derselbe Berg, doch anders –

aber doch nicht ganz anders,
schräge Logik des halb zerfetzten, letzten Blatts,

Zweig geht durch Sichelmond
schwankend im Nachtwind,

und dein Moment wilder Rede beim Sterben, Färben
Also das Schließen von Augen,

dann das Prägen von Augen
Welche Farbe hatten die Augen

Also ist es dasselbe Holzhaus
mit blatternarbigen Ziegeln,

Schlüsselgeklirr, doch anders
Es ist das Vergnügen an Dingen,

Verschwinden von Dingen,
seltsames Fühlen dieser Dinge

gewendet in der Hand
hierhin und dorthin,

erinnert von der Hand,
die Windung der Treppe,

das Wenden der Seite, des Buchs
und das Auf-die-Seite-Legen des Buchs

und das Einstellen des Lichts,
Herumspielen am Licht,

Beiseitelegen des Buchs
Es ist eine Art Erinnerung an das Buch,

ein leeres Buch, Kanten beknufft,
Buch daliegend offen und zugeklappt

Company of Moths

We thought it could all be found in The Book of Poor Text,
the shadow the boat casts, angled mast, fretted wake, indigo eye.

Windows of the blind text,
keening, parabolic nights.

And the rolling sun, sun tumbling
into then under, company of moths.

Can you hear what I'm thinking, from there, even as you sleep?
Streets of the Poor Text, where a child's gaze falls

on the corpse of a horse beside a cart,
whimpering dog, woman's mute mouth agape

as if to say, We must move on,
we must not stop, we must not watch.

For after all, do the dead watch us?
To memorize precisely the tint of a plum,

curve of a body at rest (sun again),
the words to each popular song,

surely that would be enough.
For are you not familiar with these crows by the shore?

Did you not call them sea crows once?
Did we not discuss the meaning of "as the crow flies"

one day in that square—station of exile—under the reddest
of suns? And then, almost as one, we said, It's time.

And a plate shattered, a spoon fell to the floor,
towels in a heap by the door.

Drifts of cloud over
steeples from the west.

Faith in the Poor Text.
Outline of stuff left behind.

Gesellschaft von Faltern

Wir dachten es sei alles im Buch des Schwachen Texts zu finden,
der Bootsschatten, schräger Mast, gekräuselte Kielspur, Indigo-Auge.

Fenster des blinden Texts
wimmernde, parabolische Nächte.

Und die rollende Sonne, Sonne stürzend
in dann unter, Gesellschaft von Faltern.

Kannst du hören, was ich denke, von dort, auch wenn du schläfst?
Straßen des Schwachen Texts, wo ein Kinderblick

auf einen Pferdekadaver neben einem Karren fällt,
winselnder Hund, Frau mit stummem Mund der klafft

als wollte sie sagen: Wir müssen weiter,
wir dürfen nicht stehen bleiben, wir dürfen nicht gaffen.

Denn letzten Endes, beobachten die Toten uns?
Sich genau die Farbe einer Pflaume merken,

Krümmung eines Körpers in Ruhe (wieder Sonne),
den Text jedes Schlagers,

das wäre sicher genug.
Denn bist du nicht vertraut mit diesen Krähen am Strand?

Nanntest du sie nicht einmal Seeraben?
Diskutierten wir nicht ob die Krähe wirklich in Luftlinie fliegt

eines Tags auf jenem Platz – Station des Exils – unter der rötesten
Sonne? Und dann, fast unisono, sagten wir: Es ist Zeit.

Und ein Teller zersprang, ein Löffel fiel zu Boden,
Handtücher in einem Haufen bei der Tür.

Jagende Wolken von West
über Kirchtürmen.

Glaube an den Schwachen Text.
Umriss von zurückgelassenem Zeug.

Archive

Figures, what do they know
in those old books, asleep

in those brittle books? What do they dream
on the locked shelves, in The Book of Signs

and The Book of Delights, Queen Dido's Book,
and the book we sought but couldn't find?

Bright archive, sad merriment,
those waters that once we bathed in,

spine against spine, their banks lined
with the smallest of flowers, pale blue.

Did you see them, darting beneath the eaves?
Hear them, right before night?

Should we share a breath or maybe two
with the ghost of the future, the slant rain,

the brindled rose, the keeper of the code?
What do they know

with their sealed lips, scattered limbs,
of the books that they rewrite?

Archiv

Figuren, was wissen sie
in diesen alten Büchern, schlafend

in diesen brüchigen Büchern? Was träumen sie
auf den versperrten Borden, im Buch der Zeichen

und im Buch der Wonnen, Königin Didos Buch
und Buch das wir suchten aber nicht finden konnten?

Strahlendes Archiv, traurige Heiterkeit,
jene Wasser worin wir einst badeten,

Rücken gegen Rücken, ihre Ufer gesäumt
von den kleinsten Blumen, blassblau.

Sahst du sie unter der Traufe sausen?
Hörtest du sie, nah der Nacht?

Sollten wir einen Atemzug oder vielleicht zwei
mit dem Geist der Zukunft teilen, dem schrägen Regen,

der scheckigen Rose, dem Hüter des Codes?
Was wissen sie

mit ihren versiegelten Lippen, zerschmetterten Gliedern,
von den Büchern die sie neu schreiben?

But

But the birth and death of stars?
The birds without wings,

Wings without bodies?
The twin suns above the harbour?

The accelerating particles?
The pools of spilled ink?

Pages turning themselves
in the Paper House?

Aber

Aber die Geburt und der Tod von Sternen?
Die Vögel ohne Flügel,

Flügel ohne Körper?
Die Doppelsonnen über dem Hafen?

Die sich beschleunigenden Teilchen?
Die Teiche vergossener Tinte?

Seiten die sich selbst umblättern
im Papierhaus?

Pulse

Good to have a memory of silk,
memory of the glance, serene

and troubled all at once,
memory of the moth,

ghost moth or dog moth
flying upside down

between the possible and the what if,
the pulse and the confusion of limbs.

Puls

Gut, eine Erinnerung an Seide zu haben,
Erinnerung an den Schimmer, Blick, heiter

und betrübt zugleich,
Erinnerung an den Falter,

Geistermotte oder Hundsmotte
verkehrt herum fliegend

zwischen dem Möglichen und dem Was-Wenn,
dem Puls und der Verwirrung der Glieder.

Untitled (Three Days)

Yes, I changed the light bulb myself,
so no more jokes about poets and light bulbs,

or poets and light,
no more combing the unconscious

for its Corybantic folds, its flows,
and no more talk of “the bitter wind.”

It will do what it must
to summon and confound

all at once
and ravel the wings of moths at dusk.

(Did we not, that same night,
carve the voice into parts

and number them one, then one plus one,
and so on?) Tea from the leaves of mint,

the tiny sisal boats, adrift
in shifting currents of air

as if elegy were endless.
Three days, one light bulb, now this.

ohne Titel (Drei Tage)

Ja, ich habe die Glühbirne selbst gewechselt,
also keine Witze mehr über Dichter und Glühbirnen

oder über Dichter und Licht,
nicht mehr das Unbewusste durchkämmen

nach seinen korybantischen Falten, Fluten,
und keine Rede mehr vom „bitteren Wind".

Es wird tun was es tun muss
um zusammenzurufen und durcheinanderzubringen

alles zugleich
und die Flügel von Faltern zu entwirren am Abend.

(Schnitten wir nicht, in derselben Nacht,
die Stimme in Teile

und nummerierten sie mit eins, dann eins plus eins
und so weiter?) Tee von Minzblättern,

die winzigen Sisalboote, in um-
springenden Luftströmen treibend

als ob Elegie endlos wäre.
Drei Tage, eine Glühbirne, jetzt dies.

Untitled (29 May 02)

So cut the rope, dusty ghost.
Time to leave, time to undream

the star charts and instruction books,
the smart cards and tootling teapots.

Remember that bogus Moscow map
they always handed out?

Remember the singer on stilts
in the mist by the Stone Bridge

raging against God and nakedness?
The plant sacred to Artemis,

a hairbrush abandoned beside it?
And the House of the Hanged Man

smelling of sage and mint?
Did you know, Capricorn is rising?

So pack up your favourite owls and goats
and barrel rolls and let's go.

ohne Titel (29. Mai ’02)

So kappe das Tau, staubiger Geist.
Zeit zu gehen, Zeit die Sternkarten

und Bedienungsanleitungen zu entträumen,
die Chipkarten und flötenden Teekannen.

Erinnerst du dich an diesen Mogel-Stadtplan von Moskau
der immer ausgeteilt wurde?

Erinnerst du dich an den Sänger auf Stelzen
im Nebel nahe der Steinbrücke

der gegen Gott und Nacktheit wütete?
An die Artemis geweihte Pflanze,

Haarbürste neben ihr liegen gelassen?
Und an das Haus des Gehängten

mit seinem Geruch nach Salbei und Minze?
Wusstest du, dass Steinbock steigt?

So pack deine Lieblingseulen und -ziegen
und Luftkapriolen und los geht’s.

Apollinaire the Duck

One is amused by the tie, the hours and the clock,
the first hour, in which you gaze all around,
and the last, when you bounce up and down,

and the clock in your pocket becomes a watch.
I'd like to be a watch in your pocket,
counting the hours, the beats of the heart,

the muses at the doors of your body,
who make the hours stop.
Do you like my tie, my irregular heart

plucked from a drawer full of hearts
and that rack of a thousand ties
and ten-thousand stripes

peering out from the doleful dark
like a swarm of crazed butterflies, mad moths,
pursued by Dantean suicides

and frothing *philosophes*
toward a point of no return?
What if we reach that point

in the final hours of the clock,
casting off thoughts of the infinite,
will we have a good time?

Apollinaire die Ente

Man ist belustigt durch die Krawatte, die Stunden und die Standuhr,
die erste Stunde, in der du rings umherstarrst,
und die letzte, wenn du auf und ab hüpfst,

und die Standuhr wird in deiner Tasche zur Taschenuhr.
Ich wär gern eine Uhr in deiner Tasche,
zählte die Stunden, die Herzschläge,

die Musen an den Türen deines Körpers,
welche die Stunden anhalten.
Magst du meine Krawatte, mein unregelmäßiges Herz,

aus einer Schublade voller Herzen gezerrt
und von diesem Ständer mit tausend Krawatten
und zehntausend Streifen,

die aus dem traurigen Dunkel auftauchen
wie ein Schwarm verrückter Schmetterlinge, irrer Falter,
verfolgt von danteschen Selbstmorden

und schäumenden *philosophes*
auf einen Punkt ohne Rückkehr zu?
Was wenn wir diesen Punkt erreichen

in den letzten Stunden der Standuhr
und die Gedanken an das Unendliche abwerfen,
werden wir dann eine „gute Zeit" haben?

Arc

There is the above and the below of each.
“Their wings … the lining underneath …”

There is our daily speech, so clear
and meaning-free. And meaning itself,

to be erased, almost successfully.
There is the red rose

and its double in the dark
avid to swallow us,

the dancing woman, many-armed,
in folds of cloth and gold,

and below, her silent counterpart,
undisclosed. The tree in full leaf

and the tree ablaze
are one we’re told

by the riddling, riparian dream
(a dream I dreamt against the River Wye).

Do you remember how quiet
the skies became, that while,

before the clanging began again?
The wild poppies, their caps,

the sentinel owl,
the crescents and veining,

windrows and slopes?
Below they are tracing

an arc or enlacement
that can’t be shown.

“No contrasts, no shading anymore …”
They are in the dark.

in memory of W. G. Sebald

Bogen

Es gibt das Oben und Unten bei allen.
„Ihre Flügel … das Unterfutter …"

Es gibt unsere tägliche Rede, so deutlich
und bedeutungslos. Und doch Bedeutung selbst,

die, fast erfolgreich, gelöscht werden kann.
Es gibt die rote Rose

und ihr Doppel im Dunkel
voll Gier uns zu schlucken,

die tanzende Frau, vielarmig,
in Falten von Tuch und Gold,

und unten, ihr stilles Gegenstück,
unaufgedeckt. Der dicht belaubte Baum

und der lodernde Baum
sind eins so sagt uns

der in Rätseln redende Auentraum
(ein Traum den ich wider den Fluss Wye träumte).

Erinnerst du dich wie still
die Himmel wurden, derweil,

bevor das Rasseln wieder begann?
Der wilde Mohn mit seinen Kapseln,

die Eule auf Wacht,
Sichelmonde und Äderung,

Heuzeilen und Hänge?
Unten zeichnen sie

einen Bogen oder eine Umschlingung
die nicht gezeigt werden kann.

„Keine Kontraste, keine Abstufungen mehr …"
Sie sind im Dunkel.

in Erinnerung an W. G. Sebald

The Dream of Narcissus

The dream of Narcissus,
that there would be a silence loud as time

The dream of the writer,
that there could be a silence loud as time

The dream of time,
that rest might come

The dream of rest,
that unrest might arise

The dream of the palm,
that pilgrims would enter the village

The dream of the village,
that they depart with their fronds

And the house dreaming of its levelling
and the exile of his well

The dream of night,
that the day would be purified

The dream of day,
that the dark would be lifted

And the dream of the dream,
but who's to speak of this

Der Traum des Narziss

Der Traum des Narziss,
dass es eine Stille gäbe laut wie Zeit

Der Traum des Schriftstellers,
dass es eine Stille geben könnte laut wie Zeit

Der Traum der Zeit,
dass Ruhe kommen könnte

Der Traum der Ruhe,
dass Unruhe kommen könnte

Der Traum der Palme,
dass Pilger ins Dorf kämen

Der Traum des Dorfs,
dass sie mit ihren Wedeln fortgingen

Und das Haus das von seiner Einebnung träumt
und der Verbannung seines Brunnens

Der Traum der Nacht,
dass der Tag gereinigt würde

Der Traum des Tags,
dass das Dunkel gehoben würde

Und der Traum des Traums,
aber wer soll davon sprechen

The Phantom of Liberty

The summer snows, a bit of a surprise,
and the new turn our love-making has taken—

The Imam's Delight, The Secret Glyph, The Trial Balloon.
Why do such discoveries take so long?

We began, I remember, with the ordinary—
sips of juice, strips of bacon of a morning,

eggs over easy. So the decades passed
and pasture reverted to woodland

and the ghosts we thought long gone
returned, bearing fresh robes it's true,

and the sheep in the fields wandered up to the fence
and greeted them, come anew.

Snow coating the stone walls, the eaves, the little boat.
Snow on the wintergreen and the scarlet oak.

And the Emperors, Green Foresters, China Marks,
tracing and retracing their arcs

in the late, slant light.
And the ghosts with names and the ghosts with none.

Das Gespenst der Freiheit

Der Sommer schneit, ein bisschen überraschend,
auch die neue Wendung die unser Liebesleben genommen hat –

Die Wonne des Imam, Die Geheimglyphe, Der Versuchsballon.
Warum brauchen solche Entdeckungen so lange?

Wir begannen, entsinne ich mich, mit dem Gewöhnlichen –
Saftschlürfen, Schinkenspeckstreifen eines Morgens,

Eier locker darüber. So vergingen die Dekaden
und Weideland wurde wieder Wald

und die Geister die wir für lange verschwunden hielten
kehrten wieder in frischen Kleidern, ja wirklich,

und die Schafe auf den Feldern liefen zum Zaun
und begrüßten sie, die Neuankömmlinge.

Schneeschicht auf den Steinwällen, den Traufen, dem kleinen Boot.
Schnee auf dem Wintergrün und der Scharlacheiche.

Und die Kaiserbären, Grünwidderchen, Spanischen Fahnen
beschreiben ihre Bögen und Bahnen

im späten, schrägen Licht.
Und die Geister mit Namen und die Geister mit keinen.

The Words

The birds with bones of glass:
perhaps the terror will end

in a flowering tree in July.
The book lying open in the light,

the book with mottled spine,
all possible information inside:

Riemann hypothesis resolved,
the zeta and zeros, entry 425;

The Paradox of the Archer
on the succeeding page;

the lost language of moths
a little further along.

Slow wing beats of owls
down the books' corridors.

Sky a cadmium yellow
from the fires to the north.

They seem to follow us, the fires,
as page follows page.

The bones, the birds, the glass, the light, the primes;
book, words, zeros, fires, spine.

Die Wörter

Die Vögel mit Knochen aus Glas:
vielleicht wird der Schrecken

in einem blühenden Baum im Juli enden.
Das offen im Licht liegende Buch,

das Buch mit fleckigem Rücken,
jede mögliche Information darin:

Riemannsche Vermutung gelöst,
die Zetafunktion und Nullen, Eintrag 425;

Das Paradox des Bogenschützen
auf der folgenden Seite;

die verlorene Sprache der Falter
ein wenig weiter entlang.

Langsame Flügelschläge von Eulen
durch die Bücherflure.

Himmel ein Kadmiumgelb
von den Feuern nach Norden.

Sie scheinen uns zu folgen, die Feuer,
wie Seite auf Seite folgt.

Die Knochen, die Vögel, das Glas, das Licht, die Primzahlen;
Buch, Wörter, Nullen, Feuer, Rücken.

Sonnet: After Maurice Scève

How they wobble, the days, when she says,
You are meaner than time, much smaller than space.

And who will write this for me, in
my place, who'll witness the endless events

of mourning and remembrance?
That fevered song—I cannot hear it.

That cobalt drawing—cannot see it—
the one of mountains and moths,

a lantern alight. Who will write this,
the dream of the sea and its guests, the dancers

of diffracted light, the way they alter
each other's breath

in an eddy of limbs? How they wobble,
the days and the hours, this night.

Sonett: Nach Maurice Scève

Wie sie schwanken, die Tage, wenn sie sagt:
Du bist geiziger als Zeit, viel kleiner als Raum.

Und wer wird dies für mich schreiben, an
meiner Stelle, wer wird die endlosen Fälle

von Trauer und Erinnerung bezeugen?
Dieses fiebernde Lied – ich kann es nicht hören.

Diese kobaltblaue Zeichnung – kann ich nicht sehen –
Zeichnung von Bergen und Faltern,

einer Laterne die brennt. Wer wird dies schreiben,
den Traum des Meers und seiner Gäste, der Tänzer

gebeugten Lichts, wie sie einander
den Atem verändern

in einem Wirbel von Gliedern? Wie sie schwanken,
die Tage und Stunden, heut Nacht.

Este Mundo

This world
with its sounds

and that other with its othering
where words then solid things

melt into sounds.

Enough?

This writing inside
the lids of the eyes.

Enough?

This table enough,
these wars enough?

A sip enough,
a glimpse?

Oars spinning,
the broken notes enough,

the drunken boats?

And the idol asleep in the mountain,
his nurse's milk on his lips.

He's dreaming of peacocks,
meteors, pyromanic moths,

dreaming of serpents and pyramids,
worlds hanging from clouds,

the wine jug, the lover's spine,

and fire as it claims
the edges of a page.

Bastante?

Este Mundo

Diese Welt
mit ihren Klängen

und jene andere mit ihrem Verandern
wo Wörter einst feste Dinge

zu Klängen zergingen.

Genug?

Diese Schrift innseitig
der Augenlider.

Genug?

Dieser Tisch genug,
diese Kriege genug?

Ein Schlückchen genug,
ein flüchtiger Blick?

Wirbelnde Ruder,
die gebrochenen Töne genug,

die trunkenen Schiffe?

Und der Abgott schlafend im Berg,
die Milch seiner Amme auf den Lippen.

Er träumt von Pfauen,
Meteoren, pyromanischen Faltern,

träumt von Schlangen und Pyramiden,
Welten die von Wolken hängen,

vom Weinkrug, dem Rücken der Geliebten,

von Feuer das den Rand
einer Seite verlangt.

Bastante?

This world
in the fold of an echo:

You can hear them
beneath the mown field,

the restive songs.

for Pura López-Colomé

Diese Welt
in der Falte eines Echos:

Du kannst sie hören
unterm gemähten Feld,

die bockigen Lieder.

für Pura López-Colomé

Jackal and Falcon

O Gerardo Deniz, tell me, if you know,
is it only pyruvic acid

that causes the Muses' tears to flow?
And who was Galatea anyway?

(Someone asked me yesterday.)
And the map as large as a territory,

whose thing is that?
And that the map is blank,

a perfect whiteness as of sand,
sand that whistles and shifts?

And the cities beneath that sand,
the canopic jars, the fractured tablets?

(Four sons had Horus: baboon,
human, jackal and falcon.)

And the Forbidden Rice, deep indigo,
of which we are so often told,

its grains as dark as pages are light,
is it ever to be known

and rolled upon the tongue?
Or is it only to be sung?

It's suddenly cold. I'm putting on
my stolen sweater and this coat.

Schakal und Falke

O Gerardo Deniz, sag mir, wenn du es weißt,
ist es nur Benztraubensäure

welche die Tränen der Musen zum Fließen bringt?
Und wer war Galatea überhaupt?

(Jemand fragte mich gestern.)
Und die Landkarte groß wie ein Land,

wessen Fiktion ist das?
Und dass die Karte leer ist,

ein makelloses Weiß wie Sand,
Sand der pfeift und treibt?

Und die Städte unter diesem Sand,
die Kanopenkrüge, die zerbrochenen Tafeln?

(Vier Söhne hatte Horus: Pavian,
Mensch, Schakal und Falke.)

Und der Verbotene Reis, tiefes Indigo,
von dem uns so oft erzählt wurde,

seine Körner so dunkel wie Buchseiten hell sind,
kann er je gekannt

und auf der Zunge gerollt werden?
Oder ist er nur zu besingen?

Plötzlich ist es kalt. Ich ziehe
meinen gestohlenen Pullover an und diesen Mantel.

Untitled (December 2002)

And so this book of all the words
and their doubles. We welcome the words
for zero and for one,

for sleep and for space
and their doubles. Of the others
we're not so sure.

We welcome silence and the arcs,
the half-light, the cavalcade,
sorrows of the moon and the sun,

none of the above.
Magpies by the Tam—remember?
Said the one:

I'm burning now, I'm burning up
and still the river runs.
Said the double:

O little book,
enormous, empty book,
the woman and the bird and the man

were never one.
It was a mistake, maybe of the eye.
And this allée of pepper trees

is not endless.
And the book.
The winter day is endless.

ohne Titel (Dezember 2002)

Und also dies Buch all der Wörter
und ihrer Doppel. Wir begrüßen die Wörter
für Null und für Eins,

für Schlaf und für Raum
und ihre Doppel. Bei den anderen
sind wir nicht so sicher.

Wir begrüßen Schweigen und die Bögen,
das Halbdunkel, die Kavalkade,
Sorgen des Monds und der Sonne,

keine der obigen.
Elstern am Fluss Tam – entsinnst du dich?
Sagte die eine:

Ich brenne jetzt, ich verglühe
und immer noch fließt der Fluss.
Sagte das Doppel:

O kleines Buch,
gewaltiges, leeres Buch,
die Frau und der Vogel und der Mann

waren nie eins.
Es war ein Fehler, des Auges vielleicht.
Und diese Allee von Pfefferbäumen

ist nicht endlos.
Und das Buch.
Der Wintertag ist endlos.

Untitled (February 2003)

It's true that sometimes I've used the word raisin in place
of reason,
true that I'm surprised each time

by the sudden progress of the seasons
and that often when all is said

all comes undone. Look at how the worms
turned into gods

before our filmy eyes
and how the lyric

war machine sings
in the greyness of the morning.

And the name of its song?
But here we are

among the dogs large and small
of the afterdawn.

Is it possible to make love in such a light
or read from the first pages of Silence?

The bright, early butterflies
at Pura's place, under the volcano.

Campesinos blockading the roads.
Es bueno.

ohne Titel (Februar 2003)

Es stimmt, dass ich manchmal das Wort Rosine statt
Räson gebrauchte,
dass ich jedesmal durch den raschen Fortgang

der Saison überrascht bin
und dass oft wenn alles gesagt ist

alles zunichte wird. Schaut wie die Würmer
zu Göttern wurden

vor unsren verschleierten Augen
und wie die lyrische

Kriegsmaschine singt
im Grau des Morgens.

Und wie heißt ihr Lied?
Doch hier sind wir

unter den großen und kleinen Hunden
der Nachdämmerung.

Ist es möglich sich in einem solchen Licht zu lieben
oder aus den ersten Seiten von Schweigen zu lesen?

Die farbenfrohen, frühen Schmetterlinge
wo Pura wohnt, unter dem Vulkan.

Campesinos blockieren die Straßen.
Es bueno.

Vamos viver ...

Of the paradise that was not,
no one can speak.

Of the place that was,
no one can speak.

Of the owl and the moth,
of the breeze up north.

Of the scorpion and the millipede,
of the windrows of straw,

flecked iris of the eye.
Of the rodents who rule

In the Name of the Lord.
Of the after all and the overall,

the was and because.
The shadow, the wheel of absence,

the past of each space.
So let's drop it all

and head up north
where at least there's a breeze.

after Bandeira

Vamos viver ...

Vom Paradies, das es nicht gab,
kann niemand sprechen.

Vom Ort, den es gab,
kann niemand sprechen.

Von der Eule und dem Falter,
von der Brise im Norden.

Vom Skorpion und vom Tausendfüßler,
von den Strohschwaden,

von der gefleckten Iris des Auges.
Von den Nagern, die *im Namen*

des Herrn herrschen.
Von dem Nach-All und dem Über-All,

dem War und Weil.
Dem Schatten, dem Rad der Abwesenheit,

der Vergangenheit jedes Raums.
So lassen wir das alles fallen

und fahren nach Norden
wo zumindest ein Wind weht.

nach Bandeira

The Turn (May 2003)

What is that turn you took in Beltà, in Beauty?
A blind man is staring out at the sea,

the waves, their foaming crests—
Abed those songs—

and what of the fog that forgives
or only pretends?

That turn, the slight angle of the head,
the wild berries, those to be eaten,

these not. Could you, could anyone
have known it would come to this—

the fragments and chants,
that ringing

that in Beltà, in Beauty
tethers and unties,

embraces and shoves aside?
And the fumblings, the bright, unravelling threads,

the taste that lingers in the mouth,
that turn at last toward *far*.

Too many hours in the poem.
Last one left awake once again.

Die Wende (Mai 2003)

Welche Wende machtest du in Beltà, in Pracht?
Ein Blinder starrt hinaus aufs Meer,

auf die Wellen, ihre Schaumkronen –
Zu Bett diese Lieder –

und was mit dem Nebel der vergibt
oder nur vorgibt?

Diese Wendung, leichte Schräge des Kopfs,
die wilden Beeren, jene essbar,

diese nicht. Könntest du, könnte irgendwer
gewusst haben dass es dahin käme –

die Fragmente und Gesänge,
dies Klingen

das in Beltà, in Pracht
bindet und löst,

umarmt und beiseiteschiebt?
Und das Herumtasten, die hellen, sich entwirrenden Fäden,

der Geschmack der im Mund weilt,
diese Wendung zuletzt Richtung *weit*.

Zu viele Stunden im Gedicht.
Letztes wieder wach gelassen.

Una Noche

Then El Presidente,
uncoiling his tongue,

“You cannot stop time
but you can smash all the clocks.”

And so, seeking Paradise,
we have burnt the bright house

to the ground.
A necessary act.

We have invented glass
and ground a dark lens

and in the perilous night
we continue to dance.

The tarantella, the tango,
the passadoble and the jig,

the bunnyhop, the Cadillac,
the Madison and sarabande,

mazurka and the jerk,
the twist on tabletops.

Rolling our eyes,
flailing our limbs.

It’s how we keep time,
our feet never stop.

Una Noche

Dann El Presidente,
der seine Zunge abspult:

„Ihr könnt die Zeit nicht aufhalten,
doch könnt ihr alle Uhren zerschmettern."

Und so haben wir, Paradiessucher,
das glänzende Haus

gänzlich niedergebrannt.
Ein notwendiger Akt.

Wir haben Glas erfunden
und eine dunkle Linse geschliffen

und in der gefährlichen Nacht
tanzen wir weiter.

Die Tarantella, den Tango,
den Pasodoble und den Jig,

den Bunnyhop, den Cadillac,
den Madison und die Sarabande,

Mazurka und Jerk,
den Twist auf Tischen.

Wir rollen unsre Augen,
lassen unsre Glieder rotieren.

So halten wir den Takt,
unsre Füße halten nie inne.

Hive

Listen—but who's listening?
It's 2067 who's listening?

It's yesterday who is listening
right then, and night, last night

or the next, beneath its lamp,
its guttering light, tiny arc,

day fast gone who's speaking
from the future-past,

speaking in the roar
and the watery streets,

the transparent night, that
hive of woven glass,

a diver caught within?
And the chemist at his bench

at work on the problem of rust,
the problem of memory,

problem of cadmium dust,
problem of the future-past.

He thinks, In liquid things dissolve,
I saw a diver in a hive

of woven glass, a cloud, a filigree.
Who speaks who listens who hears or sees?

Bienenkorb

Horch – aber wer horcht?
Es ist 2067 wer horcht?

Es ist gestern wer horcht
genau dann, und nachts, letzte Nacht

oder die nächste, unter ihrer Lampe,
ihrem Flackerlicht, winziger Bogen,

rasch vergangener Tag wer spricht
von der Zukunft-Vergangenheit,

spricht in dem Tosen
und den Wasserstraßen,

der transparenten Nacht, diesem
Bienenkorb aus gesponnenem Glas,

einem Taucher, gefangen darin?
Und der Chemiker an seinem Tisch

arbeitet am Problem des Rosts,
Problem des Gedächtnisses,

Problem des Kadmiumstaubs,
Problem der Zukunft-Vergangenheit.

Er denkt: In Flüssigem lösen sich Dinge,
ich sah einen Taucher in einem Bienenkorb

aus gesponnenem Glas, eine Wolke, ein Filigran.
Wer spricht wer horcht wer hört oder sieht?

But they have fallen

But they have fallen to the ground
amid the twigs and leaves

all dry. And we bend
to pick them up, these things,

we think to pick them up
but we cannot

hard as we try.
It is too dark or else too light.

There's been a failure at the source of light,
a fractured moon or swollen sun,

and our fingers one by one
have grown numb.

Aber sie sind gefallen

Aber sie sind zu Boden gefallen
zwischen die staubtrockenen Zweige

und Blätter. Und wir beugen uns vor
um sie aufzuheben, diese Dinge,

wir meinen sie aufzuheben
aber wir können's nicht

so sehr wir uns mühen.
Es ist zu dunkel oder auch zu hell.

Ein Fehler trat auf an der Lichtquelle,
gebrochener Mond oder gedunsene Sonne,

und unsere Finger Glied um Glied
taub geworden.

My Lecture

My lecture. It began in dreams,
the topics merging.

Painters and dancers,
I've forgotten your names

as you have mine.
We were together

in that vast room,
and the rent was due.

We moved cautiously,
so as not to offend.

We spoke in the end,
sotto voce, of the gates

we must pass through
and the ruins beyond,

motion as time,
gesture as light,

the fracturing patterns,
all those fictions and fears

and the years,
rent still due.

Mein Lesen

Mein Lesen. Es begann in Träumen,
Eintauchen der Themen.

Maler und Tänzer,
ich habe eure Namen vergessen

wie ihr meinen.
Wir waren zusammen

in diesem riesigen Raum,
und die Miete war fällig.

Wir bewegten uns sachte,
um nicht zu missfallen.

Wir sprachen schließlich,
sotto voce, von den Toren

durch die wir mussten
und den Ruinen dahinter,

Bewegung als Zeit,
Geste als Licht,

die zersplitternden Muster,
all diese Fiktionen und Ängste

und die Jahre,
Miete immer noch fällig.

Your Diamond Shoe

Don't write poems about what's going on.
Murderers and liars, dreams and desires,

they're always going on.
Leave them outside the poem.

Don't describe your sad-eyed summer home
or wide-eyed winter home.

Don't write about being homeless
or your home-away-from-home.

Don't write about war,
whether you are against or for,

it's the same fucking war.
Don't talk about language,

don't talk about loss.
Don't mention truth or beauty

or your grandpa's bones.
No one wants to know

how your father / brother / lover
deducted himself. Razor, rope or gun,

what's the difference?
Whisper nothing of the snow

on the Contrescarpe,
nothing of moths, their fluttering arcs,

or the towers—how we watched them fall.
Don't write at all.

after Drummond

Dein diamantener Schuh

Schreib nicht Gedichte über Passierendes.
Mörder und Lügner, Träume und Wünsche,

sie passieren immerzu.
Lass sie aus dem Gedicht heraus.

Beschreib nicht dein traurig schauendes Sommerhaus
oder dein weitäugiges Winterheim.

Schreib nicht über Heimatlosigkeit
oder über dein Heim-fern-von-Daheim.

Schreib nicht über Krieg,
gleich ob du dafür oder dagegen bist,

es ist der gleiche Scheißkrieg.
Sprich nicht über Sprache,

sprich nicht über Verlust.
Erwähne nicht Wahrheit oder Schönheit

oder Opas Knochen.
Niemand will wissen,

wie sich dein Vater / Bruder / Liebhaber
beiseiteschaffte. Rasierklinge, Strick oder Gewehr,

was ist der Unterschied?
Flüstere nichts vom Schnee

auf dem Contrescarpe,
nichts von Faltern, ihren Flatterbögen,

oder von Türmen – wie wir sie fallen sahen.
Schreib überhaupt nicht.

nach Drummond

Night Gardening

A reader writes to complain
that there are no cellphones in my poems,
so here is one,

its body chrome,
its face a metallic blue.
It's neither transmitting nor receiving.

A woman from Duluth requests
that I cease sending secret messages
to her in my poems.

This I will do forthwith.

And the blackbird at evening.

She says, You have misrepresented the river
there where it turns

by the holm oak and the bed
of winter hyacinths.

This I will correct.

A recent letter unsigned:
You have mangled the citations from Hölderlin,

and none will mistake your skies
for those of Dominikos Theotokopoulos.

Opines a good citizen, concerned parent:
Your nefarious syntax
has infected my first-born—

have you a heart of stone?

And the poem, from its homeless home,
writes of blindsight and silence,

the blackbird at evening,
nothing you can see.

Nachtgärtnern

Ein Leser schreibt und beklagt
dass in meinen Gedichten keine Mobiltelefone vorkommen,
also ist hier eins,

sein Gehäuse aus Chrom,
seine Stirnseite metallisches Blau.
Es sendet nicht noch empfängt es.

Eine Frau aus Duluth verlangt
dass ich aufhöre ihr geheime Botschaften
in meinen Gedichten zu schicken.

Dies werde ich fortan tun.

Und die Amsel am Abend.

Sie sagt: Sie haben den Fluss falsch wiedergegeben
dort an seiner Biege

bei der Steineiche und dem Polster
aus Herbstblaustern.

Dies werde ich korrigieren.

Ein jüngster, nicht unterzeichneter Brief:
Sie haben die Hölderlinzitate verstümmelt,

und keiner wird Ihre Himmel
mit denen von Dominikos Theotokopoulos verwechseln.

Meint ein guter Bürger, besorgter Vater:
Ihre schändliche Syntax
hat meinen Erstgeborenen verdorben –

haben Sie ein Herz aus Stein?

Und das Gedicht, aus seinem unbehausten Haus,
schreibt von blinder Sicht und Stille,

Amsel am Abend,
nichts was zu sehen ist.

The Classical Study

I asked the Master of Shadows
wherefore and wherefrom

but he said that art was short
and life was long

Said: let us praise
those flames that consume the day

stone by stone
and the lilac by the barn

and the hours when you were young
and the mother- and the father-tongue.

Curled by fire the leaves of grass,
buckled, the roof beam,

shattered, the wagon's haft,
ash-flecks in the wind's swell.

Have you forgotten the whistling of the stones,
the heave and shift of the windrows?

So I asked the Master of Shadows
about the above and the below,

the this and the that,
the first and the last,

but he said,
I am no master

only a shadow,
and he laughed.

Das klassische Studium

Ich fragte den Meister der Schatten
wozu und woher

aber er sagte dass Kunst kurz sei
und Leben lang

Sagte: Preisen wir doch
diese Flammen die den Tag verzehren

Stein um Stein
und den Flieder beim Stall

und die Stunden als du jung warst
und die Mutter- und die Vatersprache.

Gekräuselt vom Feuer die Grashalme,
verbogen der Dachbalken,

zersplittert der Wagengriff,
Aschenflocken im anschwellenden Wind.

Hast du das Pfeifen der Steine vergessen,
das Umschichten der Heuschwaden?

Also fragte ich den Meister der Schatten
nach dem Oben und Unten,

dem Dies und dem Das,
dem Ersten und Letzten,

aber er sagte:
Ich bin kein Meister,

nur ein Schatten,
und er lachte.

Dream of a Language that Speaks

Hello Gozo, here we are,
the spinning world, has

it come this far?
Hammering things, speeching them

nailing the anthrax
to its copper plate,

matching the object to its name,
the star to its chart.

(The sirens, the howling machines,
are part of the music it seems

just now, and helices of smoke
engulf the astonished eye;

and then our keening selves, Gozo,
whirled between voice and echo.)

So few and so many,
have we come this far?

Sluicing ink onto snow?
I'm tired, Gozo,

tired of us / not us,
of the factories of blood,

tired of the multiplying suns
and tired of colliding with

the words as they appear
without so much as a "by your leave,"

without so much as a greeting.
The more suns the more dark—

Traum einer Sprache die spricht

Hallo Gozo, da wären wir,
die wirbelnde Welt, ist's

so weit mit ihr?
Auf Dingen hämmern, sie besprechen,

Anthrax
auf seine Kupferplatte nageln,

den Gegenstand mit seinem Namen paaren,
den Stern mit seiner Karte.

(Die Sirenen, die Heulmaschinen,
gehören zur Musik wie's scheint

momentan, und Rauchspiralen
verschlingen den erstaunten Blick;

und dann unsre klagenden Ichs, Gozo,
gewirbelt zwischen Stimme und Echo.)

So wenige und so viele,
ist's so weit mit uns?

Tinte auf Schnee spritzen?
Ich bin müde, Gozo,

müde des Wir / Nicht-Wir,
der Blutfabriken,

müde der vielfach werdenden Sonnen
und müde des Zusammenpralls mit

den Worten wenn sie erscheinen
ohne auch nur ein „gestatten Sie",

ohne auch nur ein Grüßen.
Mehr Sonnen, mehr Dunkel –

is it not always so—
    and in the gathering dark

Ghostly Tall and Ghostly Small
    making their small talk

as they pause and they walk
    on a path of stones,

as they walk and walk,
    skeining their tales,

testing the dust,
    higher up they walk—

there's a city below
    pinpoints of light—

high up they walk,
    flicking dianthus, mountain berries,

turk's-caps with their sticks.
    Can you hear me? asks Tall.

Do you hear me? asks Small.
    Question pursuing question.

And they set out their lamp
    amid the stones.

for Yoshimasu Gozo

ist es nicht immer so –
    und im zunehmenden Dunkel

haben Gespenstisch Groß und Gespenstisch Klein
    ihren kleinen Plausch

indes sie pausieren und sie spazieren
    auf einem Weg aus Stein,

indes sie spazieren und spazieren
    und ihre Geschichten verflechten,

den Staub probieren,
    höher hinauf sie spazieren –

eine Stadt ist dort unten,
    Punkte von Licht –

hoch oben sie spazieren,
    schnipsen Prachtnelken, Bergbeeren weg,

Türkenbundlilien mit ihren Stengeln.
    Kannst du mich hören? fragt Groß.

Hörst du mich? fragt Klein.
    Frage jagt Frage.

Und inmitten der Steine
    stellen sie ihre Lampe auf.

für Yoshimasu Gozo

Aus:

THREAD
(2011)
FADEN

Ave manes   *a specter*
appeared in my dream

a shade with vulture-bone flute
calling to his dead

his unwept unremembered
dead among the terraced

hills and stubblefields
his needlessly dead

in the rusting sands
his comically dead

with lolling tongues
(Lorca's fluted bones

threaded among the nameless)
the recent and the distant

wind and water tossed
dead stars beneath stones

in nomine patri
and of the son

and of the piping the signifying ghost
ghost of pentacles ghost of music halls

spider-legged spider-white ghost
his ancient broken unplayable flute

Ave manes *ein Gespenst*
erschien in meinem Traum

ein Schatten mit Geierknochenflöte
der seine Toten rief

seine unbeweinten nicht erinnerten
Toten unter den terrassierten

Hügeln und Stoppelfeldern
seine unnötig Verstorbenen

im rostenden Sand
seine komisch Verstorbenen

mit heraushängenden Zungen
(Lorcas flötenartige Knochen

unter die Namenlosen gefädelt)
das Jüngste und das Ferne

Wind und Wasser warfen
tote Sterne unter Steine

in nomine patri
und des Sohnes

und des Flötens des weisenden Geists
Geist der Pentagramme Geist der Varietés

spinnenbeiniger spinnenweißer Geist
seine greise zerbrochene unspielbare Flöte

Chimera, sightless stars have colonized the meadow

Chimera, helicopters are birthing their young into the waves

Language of the waves, Chimera, language
    of the owl,
    silent petrels by the salt shore,
    the plover repeating its note

Saw the singer in flames by the shore

Watched her swallow her song

Nowness in Neverland she sang

Watched the palace disappear beneath the sea

while a later world sailed overhead

Endless amusements of the cruise ship
with no origin or port of call

Saw the singer in that ink-dark dream

Neverness and nowness she sang

beauty of the world   *broken world*

she sang, Chimera,

such words the fire offered her

Chimäre, blinde Sterne haben die Wiese kolonisiert

Chimäre, Helikopter gebären ihre Jungen in die Wellen

Sprache der Wellen, Chimäre, Sprache
    der Eule,
    stille Sturmvögel am Salzstrand,
    der Regenpfeifer wiederholt seinen Ton

Sah die Sängerin in Flammen am Strand

Sah zu wie sie ihr Lied schluckte

Jetztheit im Nimmerland sang sie

Sah zu wie der Palast unterm Meer verschwand

während eine spätere Welt darüber segelte

Endlose Vergnügungen des Kreuzfahrtschiffs
ohne Herkunft oder Anlaufhafen

Sah die Sängerin in jenem tintendunklen Traum

Nimmerheit und Jetztheit sang sie

Schönheit der Welt   zerbrochene Welt

sang sie, Chimäre,

solche Worte bot ihr das Feuer

From the Mercury Fountain, Mahmoud,
flow the tenses: past, present, future;
future-past, first and last, daily acts;
desires; angels of slaughter and syntax;
the zero and the zero plus one; deep eyes,
slender wrists; coffee and speech; sleeplessness
and its dreams; the meadow orchid
low within the grass; evening primrose;
cadence on the felt of the dice
so casually thrown; the tumbled stones,
the field of tolling flowers.

Tenses of the present, Mahmoud, the (im)possible
present, infinite presents threading
now forward, now back. Amidst the
shattered symmetries and scattered fictions,
between actual river and imagined shore,
actual breath of wind through the frayed,

half-open curtain
passing so
suddenly over them
those years ago,
brief flare of the lamp,
shadows that danced
upon a wall.

Vom Quecksilberbrunnen, Mahmoud,
fließen die Zeiten: Vergangenheit, Gegenwart, Zukunft;
Zukunft-Vergangenheit, erste und letzte, tägliche Akte;
Wünsche; Engel des Gemetzels und der Syntax;
die Null und die Null plus eins; tiefe Augen;
schmale Handgelenke; Kaffee und Rede; Schlaflosigkeit
und ihre Träume; die Wiesenorchidee
tief im Gras; Nachtkerze;
Tonfall auf dem Filz des so zufällig
geworfenen Würfels; die gestürzten Steine,
das Feld läutender Blumen.

Zeitformen der Gegenwart, Mahmoud, der (un)möglichen
Gegenwart, infinite Gegenwarten fädeln sich
mal nach vorn, mal zurück. Inmitten
zerschmetterter Symmetrien und verstreuter Fiktionen,
zwischen wirklichem Fluss und ersonnener Küste,
wirklicher Windhauch durch den zerschlissenen,

halb offenen Vorhang
geht so
jäh über sie hinweg
diese vergangenen Jahre,
kurzes Flackern der Lampe,
Schatten die auf einer Wand
tanzten.

Figuren — Possible Wor(l)ds

Notizen zu den Gedichten von Michael Palmer

Ich lebe in einem kleinen Haus mit zehntausend Büchern ...
— Michael Palmer in einem Interview

Michael Palmer, 1943 in New York geboren und später in San Francisco ansässig, eröffnete 1971 den Reigen seiner zahlreichen Gedichtbände mit *Plan of the City of O.* O kann Buchstabe sein oder Zahl. Als Omega beschließt es im Griechischen das Alphabet, als Null eröffnet es die Reihe der Zahlen, steht aber auch für „Nichts". Zugleich ist O, geometrisch gelesen, der Kreis, bei Palmer auf den Plan einer Stadt bezogen. Im Sanskrit bezeichnet ein nullähnliches Zeichen das Rund des Horizontes. In O haben wir Fülle und Leere in einem, Bedeutung und das Fehlen von Bedeutung. O ist zugleich offen und verschlossen.

1972 folgte der zweite Gedichtband Palmers, *Blake's Newton.* Das Namenskonglomerat verweist auf William Blakes Farbdruck von 1795, der eine niedergebeugte athletische Gestalt als den Naturwissenschaftler Newton zeigt. Gebannt starrt dieser auf einen Zirkel, der eine geometrische Figur (Halbkreis in einem Dreieck) auf einer am Boden liegenden Schriftrolle absteckt. Das Bild kann als Initialgeste gelesen werden, aber auch als Kritik Blakes an einer rein szientifischen „Vermessung" der Welt, die einer poetischen „Korrektur" unterzogen wird. In jedem Falle bleibt eine irritierende Spannung zwischen mathematischer Form, körperlicher Präsenz und künstlerischer Gestaltung, die den Dichter Palmer gereizt haben muss.

Wir beginnen unsere Auswahl mit dem Gedicht *Its form / Seine Gestalt* (aus *Blake's Newton*). Das *It* des Titels bleibt in seinem Bezug offen und vieldeutig: Es kann das vorliegende Gedicht gemeint sein, die Dichtung allgemein, das Buch, die Naturgeschichte etc. Auch die „Form" dieses Unbestimmten wird nicht „fixiert" (wie es etwa Blakes Newton mit dem Blick tut), sie setzt eine Bewegung, eine Wanderung und unendliche Pilgerschaft in Gang: peregrin. Keine „fest gefügte" Form also, sondern stetige Verwandlung. Am Ende des Gedichts tritt das Inbild der Verwandlung in Erscheinung, „the moth", der Falter, der sein Dasein als Raupe beginnt, dann in der Puppenhülle eingebettet seinen Schlaf der Metamorphose schläft, um als Imago, als fertiges Tier, zu schlüpfen und sein irritierendes Leben zu entfalten. Der Flug der Schmetterlinge (Tag- wie Nachtfalter) verläuft oft in sonderbaren Figuren, Zickzackbahnen, in Bögen, unerwarteten Wendungen, keineswegs linear oder kreisförmig, während sich die Flügel der Falter zu einer perfekten Symmetrie einfinden können. Sie öffnen und schließen sich in Bewegungen, die dem Umblättern von Buchseiten gleichen. Manche Falter tragen auf ihren Hinterflügeln die Zeichnung von Trugaugen, die Feinde erschrecken sollen. Und die feinen, farbgebenden Schüppchen auf den Flügeln sind wie der Staub, von dem wir genommen sind und

den der Falter im Gedicht freigebig ans Kleid der Frau abgibt.

Das Spielerische dieser Formgebungen wird bereits am Anfang des Gedichts thematisiert: durch Assoziation mit einem Kartentisch, an dem Spieler sitzen und das Spiel der Welt betreiben, das auch das Spiel der Poesie ist. Den Kartenspielern und den Figuren auf ihren Karten werden wir bei Palmer öfter begegnen.

Das Gedicht *A Vitruvian Figure by Juan Gris / Eine Vitruvische Figur von Juan Gris* überträgt die Geometrie auf den Körper selbst. Anhand der „Vitruvischen Figur" hatte Leonardo da Vinci sein Harmonie-Ideal des Goldenen Schnitts dargestellt: der menschliche (männliche) Körper, nicht niedergebeugt, sondern stehend, mit gespreizten Beinen, abgewinkelten Armen, in einen Kreis einbeschrieben. Doch erfährt bei Palmer (analog zu Juan Gris) die Idealgestalt eine Eindellung. Und die Figur, die sich im verwackelten Kreis befindet, ist diesmal eine Frau.

Das Wort „Figur" geht auf das lateinische „fingere" zurück, was „bilden, formen, erfinden, dichten" bedeutet. In diesem Sinn sind also poetischer Prozess und bewusste Formgebung (auch in der Mathematik) nicht getrennt voneinander. Im Englischen bedeutet „figure" ja zudem „Zahl, Summe", was Palmer einlädt, in seinem Gedicht *Sonnet: Now I see them* Zahlen als menschliche Figuren vorzustellen. Dann, im Gedicht *In the Empire of Light*, treten zum ersten Mal Tanzfiguren auf. Ihre Symmetrie erfährt dadurch eine kurze Störung, dass die Tänzerin einen Schritt aus der Balance macht. Kreidemarkierungen auf dem Boden umreißen die Tanzfigur und sind zugleich Zeichnung und Sprachfigur. Der menschliche Tanz findet im Tierreich seine Parallele im „Tanz der Bienen" – *Dance of the Bees (September)* figuriert als Titel für ein Gedicht, womit wir wieder mit der Naturgeschichte konfrontiert sind und der Entdeckung von Karl von Frisch, dass die Bienen sich mit Schwänzeltänzen über die besten Futterstellen verständigen. Auch hier Figuren von großer Symmetrie gleich den Schmetterlingsflügeln.

Das Thema der Symmetrie und ihrer Störung wird in der Folge in einer Reihe durchnummerierter *Symmetrical Poems* entwickelt. In dem Gedicht *To Robert E. Symmes 1933 for a gift of resemblances* geht es ebenfalls um eine gestörte Symmetrie, diesmal zwischen Name und Person. Symmes war der Familienname der (streng theosophisch orientierten) Stiefeltern des kalifornischen Dichters Robert Duncan, der sich nach dem Ablegen dieses aufoktroyierten fremden Namens zu einer eigenen Identität durcharbeitete. Von diesem schwierigen, von zahlreichen Brüchen gezeichneten Unterfangen spricht das Gedicht. „Jedem fehlt ein Teil seines Namens / und jeder will als Gesicht gezeichnet sein." Michael Palmer hatte Duncan schon in den 1960er Jahren an der Westküste kennengelernt und schätzte seine Dichtung. In dem Gedicht *The Meadow* und in dem Zyklus *Six Hermetic Songs* erwies er dem Dichter seine Reverenz. Palmer war von Duncans ketzerischer Grundhaltung eingenommen, von seiner subjektiven Verspieltheit, die aber gerade nicht dem Kult subjektiver Originalität huldigte. Mit der „Eröffnung des Feldes" (*Opening of the Field* hieß der Titel eines 1960 erschienenen Gedichtbandes von Duncan) entfaltet sich die poetische Methode der Collagierung der disparatesten Partikel; sie bilden „eine Versammlung von unzähligen Mythen und Stimmen aus einer unendlichen Gegen-Tradition, ebenso von Impulsen, Zufällen und Einmischungen (…) In diesem Feld, ‚worin sich Sympathien und Abneigungen verquicken', sind das Mythische und das Weltliche, das Hieratische und das Volkstümliche gleichermaßen willkommen" (so der zweifelsohne angeregte Palmer in einem Artikel über Robert Duncan)→1. Mit dem Verzicht auf eine „originäre" Poesie, der vielleicht aus den Schwierigkeiten der Ich-Bildung resultiert, geht aber auch eine Neigung zu esoterischen Vorstellungen einher (Duncans theosophisches Erbe). Faszinierend für Palmer ist dabei vor allem das Bild der Wiese, in die alles Denken „eingefaltet" ist („fold" wird bei ihm zu einem leitmotivisch wiederkehrenden Wort). Das Einfalten ist zugleich ein Verbergen, ein Verborgensein vor den Blicken der Welt. Das Bild geht zurück auf das im Sohar genannte Feld Mechpelah, Stätte, an der Abraham und Sarah neben Adam und Eva bestattet sein sollen, wobei die Gruft der Letzten wegen der „Faltung" des Feldes der Sichtbarkeit entzogen sei. Dem Dichter scheint es jedenfalls gegeben zu sein, aus dieser unsichtbaren Welt selbst hervorzublicken. „Wer spähte aus der unsichtbaren Welt / auf ein vollkommen planes Feld." (*Sieben verbotene Wörter*) Aus diesem Blickwinkel erscheinen die Figuren auf dem Spieltisch der Welt als variabel und leicht verschiebbar. „Ein Pik-As ist von dem Kartenstoß gefallen / auf eine zugleich gekrümmte und plane Oberfläche." (*Linse*)

Die „Figur" kann sich gestalten, das Schematische, Umrisshafte an ihr kann sich füllen: mit Farbe, Klang, Wort, Bewegung. Sie durchläuft eine Möglichkeitswelt, erfasst Gemälde, Tänze, Wortwirbel – und bleibt zugleich transparent. *First Figure* lautet der vieldeutige Titel eines frühen Gedichtbands von Palmer: Damit könnte eine „Anfangsgestalt" gemeint sein, aber auch einfach nur die erste Abbildung in einem Buch. Der Dichter wendet sich in *First Figure* direkt an den Leser: *Dearest Reader*. Ist er die erste Gestalt, eigentlicher Schöpfer des Gedichts, der dies anhand des vom Autor zur Verfügung gestellten Materials „er-findet", derjenige, von dem abhängt, in welche Richtung sich der Tanz bewegt? Der Tanz ist diesmal Tanz der Pinsel auf der Leinwand, der ein unendliches Übermalen inszeniert. Doch hat die Anrede des Lesers in ihrem Superlativ etwas Ironisches, als „erste Figur“ könnte er auch eine Spottgestalt darstellen, eine bloße „Abbildung“ im Reigen der sich ablösenden Figuren.

Das titelgebende Prosagedicht *First Figure* hebt an: „Der Name wird ohne Buchstaben buchstabiert, wie kann das sein.“ Die Krise der Figur ist also auch eine Krise des Namens („Der Name sackt ab“). Die Benennung will nicht am Benannten haften bleiben, Name und Ding drohen ganz auseinanderzutreten. Zugleich bildet sich eine paradoxe logische Figur: „Das ‚A‘ des ‚Nicht-A‘ (…) „‚A‘ als ‚Nicht-A‘“. Das Identische im Nicht-Identischen, das Nicht-Identische als Identisches. Palmer löst den alten Universalienstreit auf seine paradoxe Weise. Wort und Ding sind zugleich identisch und völlig zufällig aufeinander bezogen (arbiträr).

Ganz im Geist der Duncan'schen Collagetechnik macht Palmer zahlreiche Anleihen bei anderen Dichtern, verehrten Toten, aber auch geschätzten Zeitgenossen und Freunden (wie Robert Creeley, Charles Olson und anderen). In den früheren Gedichten gibt es zeilenweise nicht gekennzeichnete Rimbaud- und Baudelaire-Zitate. Im Gedicht *Sign* (Zeichen) wird mit Motiven aus Edgar Allen Poes Erzählung *The Facts in the Case of M. Valdemar* gespielt. Dem befreundeten Dichter Andrea Zanzotto sind in dem Band *At Passages* 8 „Briefe“ gewidmet, die sich stilistisch an ihn anlehnen. In dem Gedicht *Die Wende (Mai 2003)* (in *Company of Moths*) wird Zanzotto als Verfasser des Gedichtbandes *La Beltà* (deutscher Titel: *Pracht*) direkt angesprochen (obwohl namentlich nicht genannt). Das Gedicht *Jackal and Falcon* (*Schakal und Falke*) eröffnet Palmer mit einer ironischen Adresse an den mexikanischen Dichter Gerardo Deniz, der einen Hang zu wissenschaftlichen Wortungetümen hat. Wiederum in *At Passages* finden sich im Gedicht *Eighth Sky* (*Achter Himmel*) Zitatsplitter aus den Prosagedichten des französischen Schriftstellers Max Jacob.→[2] Sie werden auf abenteuerliche Weise mit einer Spinoza angedichteten Erfindung eines „Achten Himmels“ kombiniert. Spinoza, der unorthodoxe jüdische Philosoph und Schleifer von optischen Gläsern,→[3] findet sich hier in Text-Gesellschaft mit dem jüdischen surrealen Dichter Max Jacob, der von den Nazis ermordet wurde.

Im späteren Werk Palmers zeigen sich verstärkt Einflüsse von Paul Celan, etwa an Celan'schen Wendungen wie „Atemwende“ und „mandeläugig“ kenntlich. Dessen Prosatext *Gespräch im Gebirg* bildet die Grundierung des Palmer'schen Gedichtes *Dream of a Language that Speaks*

(*Traum einer Sprache, die spricht*), das zugleich dem japanischen Dichter Yoshimasu Gozo gewidmet ist (mit dem Palmer zusammen aufgetreten war). Palmer bezeichnet diese seine Praktik der literarischen Anleihe und des versteckten Zitats in einem Interview→[4] als *affilation*, was mit „Adoption" nur ungenau übersetzt wäre, eher ist es im Sinne einer Adaption oder Anmutung zu verstehen, die sich aus dem Gespräch mit dem als verwandt empfundenen Dichter, ob nun lebendig oder verstorben, ergibt. Zu Letzteren wären unter anderen noch Dante, John Donne und Maurice Scève→[5] zu zählen.

„Die weiße Wolke tollgewordener Falter wirbelte dicht um die bleichen Lichter ..." Dieses Zitat aus dem Gedicht *Hitlerfrühling* von Eugenio Montale (hier in der Übersetzung von Hanno Helbling) findet sich als Zwischenmotto im poetisch wohl konsequentesten Gedichtband von Palmer: *Company of Moths* (2005). Palmer ist, nach eigenen Angaben, zu dieser Akzentuierung des Falterthemas (das ja leitmotivisch sein ganzes Werk durchzieht) durch die Lektüre von W. G. Sebalds Roman *Austerlitz* gekommen. Von den Nachtfaltern heißt es dort, sie „schwärmen in tausenderlei Bogen und Schraubenbahnen und Schleifen, bis sie, schneeflockengleich, um das Licht ein stilles Gestöber bildeten (...)" (S. 136). Diese Eindrücke haben sich vor allem in dem Sebald gewidmeten Gedicht *Arc* (*Bogen*) niedergeschlagen. Es gibt noch eine weitere Passage in Austerlitz, die vielleicht für das gesamte Werk von Palmer Aussagekraft besitzt. Die in der Nacht wahrgenommenen „Leuchtstreifen, die sie [die Falter] dabei in verschiedenen Kringeln, Fahrern und Spiralen hinter sich herzuziehen schienen, existierten in Wirklichkeit gar nicht, erklärte Alphonso, seien nur Phantomspuren, die verursacht würden von der Trägheit unseres Auges, das einen gewissen Nachglanz an der Stelle noch zu sehen glaube, von welcher das im Widerschein der Lampe nur einen Sekundenbruchteil aufstrahlende Insekt selber schon wieder verschwunden sei". Diese „unwirklichen Erscheinungen" werden dann als ein „Aufblitzen des Irrealen in der realen Welt" bezeichnet, an dem „unsere tiefsten Gefühle sich entzündeten" (S. 139). Das geisterhafte Aufblitzen des Irrealen im Realen, das zeichnet viele der Gedichte von Michael Palmer aus und macht ihre Lektüre zu einem unendlichen Vergnügen. Es ist, als ob wir darin den Phantomspuren der Wörter (und der Dinge in den Wörtern) folgen dürften.

Die Schmetterlinge, insbesondere die Nachtfalter, wurden schon immer mit der Geisterwelt in Verbindung gebracht, ja, schon seit der Antike gelten sie als die Seelen der Verstorbenen. Durch sie vollzieht sich eine Kommunikation zwischen Lebenden und Toten. Der Dichter, der sich in „Gesellschaft von Faltern" befindet, kann als Mittler dieses Gesprächs Wörter und Wesen um sich scharen.

Die englische Sprache bezeichnet mit dem Wort „moth" (in Abgrenzung zu „butterfly" – Tagschmetterling) den Nachtfalter. Das deutsche Wort „Motte" ist damit nicht bedeutungsgleich, denn es bezeichnet streng genommen nur Kleinschmetterlinge, während das englische „moth" auch zahlreiche größere Arten wie Spinner, Spanner, Eulen, Bären und Schwärmer (bis hin zum monströsen und symbolträchtigen Totenkopfschwärmer) umfasst. All diesen Arten ist gemeinsam, dass sie (bis auf wenige Ausnahmen) dämmerungs- und nachtaktiv sind, was ihr geisterhaftes Wesen unterstreicht. In den Namen *butterfly* (wörtlich: „Butterfliege") und *Schmetterling* („Schmetter" bedeutet „Sahne") sind übrigens die abergläubischen Elemente noch enthalten: Man dichtete diesen geflügelten Wesen an, sie würden als Geister den Kühen die Milch aus dem Euter stehlen. Merkwürdigerweise wurden aber gerade die mit Aberglauben behafteten Namen der Licht- und Tagseite zugeschlagen.

„Moth" klingt dunkel, in seinem Schriftbild ist es benachbart mit „mouth" und „mother". Diese Assoziationskette ist im Deutschen nicht herzustellen. Und ich habe mich, auch aus den schon genannten semantischen Gründen, in meiner Übersetzung für das Wort „Falter" entschieden, da es klanglich an die für Palmer bedeutsame „Falte" anschließt. In dem Gedicht *The Phantom of Liberty* (*Das Gespenst der Freiheit* – auch der Titel eines Buñuel-Filmes, in dem eine Welt der Umkehrung herrscht) treten die schwer erkennbaren Namen von Faltern auf: „Emperor, Green Forester, China Mark", was genau übersetzt „Großes Nachtpfauenauge, Ampfergrünwidderchen, Teichrosenzünsler" bedeutet. Ich habe an dieser Stelle (ent-)sprechendere deutsche Nachtfalternamen gewählt, darunter die von Sebald genannte „Spanische Fahne".

Palmer sucht nicht nur die (reale oder symbolische) Gesellschaft anderer Dichter, sondern kooperiert auch mit Vertretern anderer Künste, insbesondere der Musik, des Tanzes und der Malerei. In *The Promises of Glass* hat Palmer einen Gedichtzyklus zu Gemälden von Kitaj geschaffen. (Eines, das er „bedichtet" hat, *If Not, Not*, findet sich hier in unserer deutschen Ausgabe.) In *Company of Moths* bezieht sich eine Gruppe von acht Gedichten auf acht abstrakte Gemälde von Gerhard Richter (darunter auch das hier vorgestellte *But*). Viele weitere Gedichte beschäftigen sich mit Themen der Malerei, wie etwa *The White Notebook*, in dem eine pointillistische Atmosphäre heraufbeschworen wird. Thematisiert wird auch das Verhältnis von Titel und Sujet, von Bild und Abgebildetem (was auf einer anderen Ebene dem nomalistischen Problem entspricht). Eine ganze Reihe von Gedichten ist, entsprechend einer Gepflogenheit moderner Malerei, mit *Untitled* (*ohne Titel*) betitelt. Auch spielen Fotografie und Film in den Gedichten von Palmer eine nicht unerhebliche Rolle. Die Unmöglichkeit des aufwärtsfallenden Schnees (in *Letter 5*) könnte dadurch real werden, dass ein Film rückwärts abgespielt wird. Analog dazu wird auch die Zeitfolge umkehrbar („Zukunft-Vergangenheit" ist eine oft wiederkehrende Formel bei Palmer). Die Fotografie arbeitet mit einer Umkehrung von Schwarz und Weiß. Das Entwickeln eines Negativs ist ein faszinierender Vorgang der Metamorphose und gemahnt an den „Nachglanz" bei W. G. Sebald (vor allem beim Gedicht *Of/Von*).

Doch lassen wir jetzt zum Thema der Kooperation Palmer selbst zu Wort kommen: →[6] „(...) alles, was ich tue, scheint über die Zeit eine Form der Zusammenarbeit mit den Stimmen von Dichtern und anderen zu sein, die bei meiner Arbeit durch mich hindurchgehen. (...) Mein Ideal reiner Zusammenarbeit, das nie vollständig verwirklicht wird, schafft ein Werk, das weder einem Schöpfer noch dem anderen oder den anderen zugehört. (...) Es ist ein Werk, das, in den Worten eines meiner Gedichte, ‚weder du noch ich ist.' (...)"

„Jetzt habe ich über dreißig Jahre mit Komponisten, Malern, anderen Schriftstellern und einer ungewöhnlichen Choreographin, Margaret Jenkins und ihrer Dance Company, zusammengearbeitet. (...) Wir begannen vor vielen Jahren mit einer Untersuchung jener Elemente, die Dichtung und Tanz gemeinsam sind, wie Rhythmus, Dauer, Vorstellungen von Takt und Raum (Raum der Buchseite, Raum der Bühne) und des künstlerischen Ausdrucks. Wir dachten sehr viel über bestimmte Schnittpunkte nach, an denen Sprache Geste wird und Geste Sprache." Als Modell einer tänzerischen wie poetischen Betätigung strebt Palmer eine „community of differences" an – eine Gemeinschaft der Unterschiede, in der einerseits die Einsamkeit des Schreibenden nicht aufgehoben ist, worin sich aber andrerseits alle Künste verweben können.

In Palmers „Gesellschaft" befinden sich auch (eher bespöttelte) Philosophen und Philosophien. Auf seine Neigung zu Formen paradoxer Logik wurde bereits hingewiesen, und die Paradoxien vom Schein der Thomson-Lampe und des Bogenschützen von Zenon finden sich bei ihm ein. In dem Gedicht *Autobiografie 2* (*halloleb-wohl*) heißt es: „Ein Philosoph in einer Tür besteht darauf / dass es keine Bilder gibt / Er flüstert stattdessen: Mögliche Welten." Hier wird ein seit Leibniz diskutiertes Philosophem ins Spiel gebracht und auf die Möglichkeiten des Dichtens selbst bezogen: Possible Words als Possible Worlds.

Das kurz danach im Gedicht erwähnte „Farben-Spinett“ verweist auf eine solche ästhetische Vervielfältigung und Gleichzeitigkeit der Möglichkeiten. Gemeint ist das 1725 von Louis-Bertrand Castel entwickelte Farbenklavier, das eine Koppelung von Klängen und Farben verwirklichen sollte. Und wir sind nicht mehr weit von Rimbauds synästhetischem Spiel in dem Gedicht *Voyelles* entfernt (das Michael Palmer übrigens übersetzt hat). Palmers Gedichte spielen auf der Klaviatur Möglicher Welten und Möglicher Gedichte.

In *Autobiografie 2* tritt ein weiterer Philosoph auf: Er streckt alle Viere von sich und hält dabei seine „Dritte Meditation“ hin. Eine (auch sprachkomische) Anspielung auf Descartes und das mögliche Scheitern seines Vernunftprimats.

Ohne Ludwig Wittgensteins Sprachspieltheorie und den sogenannten „linguistic turn“, nach dem alle menschliche Erkenntnis durch Sprache strukturiert sei und Wirklichkeit jenseits von Sprache nicht existiere, wären die Gedichte von Michael Palmer wohl nicht denkbar. Er hat auch ohne Zweifel Anregungen durch die Gruppe der sogenannten „language poets“ →7 erhalten, was sich in der Betonung der Buchstäblichkeit des Worts (die ja auch schon in Voyelles zum Vorschein kommt), in der Lust am Sprachspiel und in der unendlichen Verzweigung in Subtexten niederschlägt. Der Gefahr der Sterilität und Beliebigkeit, die dieser eher nominalistisch ausgerichteten „Language“-Tendenz (ähnlich unserer „Konkreten Poesie“) innewohnt, entgeht Palmer durch seine paradoxalen Volten und Umkehrungen, die die „Lust am Text“ immer aufs Neue herstellen können. Bedeutung wird zugleich zerstört und geschaffen. Das Gedicht Erbauung des Museums geht von einem Loch aus und besteht zugleich darin. Die Nähe zu Jacques Derridas Konzept der Dekonstruktion ist hier unübersehbar.

Über seine Verbindung zur sogenannten Language Poetry sagt Palmer selbst, sie gehe zurück auf „eine umtriebige Zeit, in der ich engeren Austausch mit einigen dieser Autoren pflegte als heute. Wir bildeten eine Generation voller Energie für Poesie wie für Theorie in San Francisco und setzten alles daran, den traditionellen, unsere Kultur bestimmenden Annahmen über Dichtung zu entkommen. Mein eigenes Misstrauen fängt jedoch da an, wo versucht wird, eine, sagen wir, fixe theoretische Matrix einzuführen und damit quasi ideologisch gegen Ausdruck und Ich zu arbeiten. Hier unterscheide ich mich deutlich von einigen der L=A=N=G=U=A=G=E-Dichter.“

Ein Name, den man bei Palmer nicht erwarten würde, ist Martin Heidegger. Dessen sprachphilosophische Studie *Unterwegs zur Sprache* hat es sogar in den Rang eines Gedichttitels bei Palmer geschafft

(*On the Way to Language*).→[8] Dieser bezeichnet es in dem schon genannten Interview als eine Ironie des Schicksals, dass das Werk eines mit den Nazis kooperierenden Philosophen eine solche Bedeutung für einen Überlebenden des Holocaust hatte, den großen Dichter Paul Celan. „Daher habe ich Heidegger immer als eine Instanz betrachtet, von der ich lernen konnte, aber auch als einen vergifteten Brunnen."

Als Letzter wäre noch Walter Benjamin zu erwähnen, dessen „Passagenwerk" im Buchtitel *At Passages* und in einzelnen Gedichten darin anklingt. Dieses fragmentarisch gebliebene Werk Benjamins, im Englischen etwas ungenau als *Arcades Project* betitelt (denn es sind ganz konkret die Passagen in Paris gemeint), wird von Palmer als „offenes Kunstwerk" geschätzt. Auch das Benjamin'sche Projekt des „Archivs" findet sich in einem Gedichttitel wieder: *Archive*. In diesem Wort sind wiederum zwei weitere Gedichttitel kombiniert: *Arc* und *Hive* (*Bogen* und *Bienenstock*). Ein Beispiel für die poetische Vorgehensweise bei Palmer, die sich vielleicht eher als Mosaizieren denn als Collagieren bezeichnen ließe. Erfundenes steht ununterscheidbar neben Wirklichem.→[9] Die Möglichkeit kann als das Reale erscheinen, das Reale als eine Möglichkeit unter vielen. Aber auch die Unmöglichkeit kann als Möglichkeit auftreten, wie im Gedicht *Dein diamantener Schuh* (*Your Diamond Shoe*), das in der radikalen Negation jedes Schreibens gipfelt: „Schreib überhaupt nicht." Damit hebelt es auf listige Weise seine eigenen Voraussetzungen und auch seine eigenen Themen aus. (Ausgangspunkt für Palmer war eine Zeile des von ihm übersetzten brasilianischen Autors Carlos Drummond de Andrade: „Don't talk about your diamond shoe.")

Es erstaunt nicht, dass Palmer auch als Übersetzer hervorgetreten ist, sozusagen mit der Stimme des „anderen" spricht. Neben Drummond de Andrade und Rimbaud übersetzte er unter anderem französische Lyriker des 20. Jahrhunderts und Gedichte des chilenischen Dichters Vicente Huidobro.

Warum haben wir nun für die erste umfassende deutsche Ausgabe→[10] der Gedichte von Michael Palmer den Titel *Gegenschein* gewählt? Neben den Wörtern *Bahnhof*, *Kobolt* (!) und *Traumgedicht* ist dies das einzige deutsche Wort im Werk von Palmer. Es erscheint in einem ganz frühen Gedicht in der Sammlung *Blake's Newton*, und zwar in einem verneinenden Zusammenhang: „Once in October / not seeing / the Gegenschein / or couterglow / an elliptical light / opposite the sun". Das Englische hat dieses Wort dem Deutschen zur Bezeichnung eines astronomischen Phänomens entlehnt: Es meint den schwachen Schimmer, der, in Opposition zur Sonne, durch die

Anstrahlung kosmischen Staubs entsteht und in dunklen Nächten und fernab aller künstlichen Lichtquellen zu beobachten ist. Alexander von Humboldt hat den Begriff in dieser Weise geprägt. Er bezeichnet im Deutschen auch einfach die Oppositionsstellung zur Sonne. Dann wird es im Sinne von Abglanz, Abbild (Spiegelbild), Widerschein des göttlichen Wesens (bei Jakob Böhme) und ganz banal als Gegenstück oder Quittung verwendet. Der Übersetzer mag es auf seine Arbeit gegenüber dem Original beziehen. Bei Palmer klingt es an seine Vorstellung von der *counter-tradition* an (in der er sich sieht), und bei Celan gibt es *Gegenwort* und *Gegenlicht*. In *Gegenschein* sind vielleicht die vielfältigen Brechungen und Oszillationen angesprochen, die im Werk von Michael Palmer aufschimmern. Ein wesentliches Paradox dieses Werkes ist es, dass es gerade vermittels seiner vielen Anleihen völlig originär und einzigartig wirkt, dass sich seine vielen Mosaiksteine und Partikeln zu einer neuen unvergleichlichen Sprachmusik fügen, die absolut nichts Epigonales hat oder als Pastiche erscheint.
Der Abglanz wird so zu einem ganz eigenen Leuchten, zu dessen Wahrnehmung verfeinerte Instrumente vonnöten sind. Kosmischer Staub, der auf den Flügeln von Nachtfaltern wiedererscheint. Durch diese Texte werden wir in subtile Welten entführt und erfahren das Glück einer andauernden leichten Erschütterung, sowohl im Sprachlichen als auch im Körperlichen.

Kurz nach der amerikanischen Originalausgabe erscheinen hier auch einige Gedichte aus der Sammlung *Thread* (*Faden*) in deutscher Übersetzung. Palmer gelingt es darin, seine „Stoffe" in meisterhafter Form zu verknappen und den Faden seiner Themen weiterzuspinnen. Das „Fingieren" und Figurengeben befasst sich hierin nicht zufällig mit der „Chimäre", jenem Mischwesen aus Löwe, Ziege und Drache.

An den Schluss sei ein Zitat von Ludwig Wittgenstein aus den *Philosophischen Untersuchungen* (§ 67) gestellt: „Wir dehnen den Begriff der Zahl aus, wie wir beim Spinnen eines Fadens Faser an Faser drehen. Und die Stärke des Fadens liegt nicht darin, dass irgendeine Faser durch seine ganze Länge läuft, sondern dass viele Fasern einander übergreifen."

Rainer G. Schmidt

1 → Michael Palmer: *On Robert Duncan*, in: American Poet (1997).

2 → Es handelt sich um die Texte *Guerre* und *Rue Ravignon* aus der Sammlung *Le cornet à dés* (1916 / 1923).

3 → Das Wort *lens* (Linse, optisches Glas) taucht in mehreren Gedichten von Palmer auf und „stellt" auch zwei Gedichttitel.

4 → Geführt von Arch Literal Journey, 2008, an der Washington University in St. Louis.

5 → Palmer hat sich, seiner Auskunft nach, beim Wiederlesen des im 16. Jahrhundert in Lyon tätigen Dichters durch dessen Syntax und Sprachmusik anregen lassen. Scève beschließt sein Langgedicht Délie mit der Formel: SOUFFRIR NON SOUFFRIR (LEIDEN NICHT LEIDEN); später kommt die Formel NON SI NON LA (NICHT DIES NICHT DAS) hinzu. Dieses spielerische Schwanken zwischen Bejahung und Verneinung ist den Gedichten von Palmer ebenfalls nicht fremd.

6 → Michael Palmer: *On the Sustaining of Culture in Dark Times*, programmatische Rede, die er im Februar 2004 am Evergreen State College hielt.

7 → Die Bezeichnung geht auf die von Charles Bernstein und Bruce Andrews zwischen 1978 und 1981 herausgegebene Zeitschrift L=A=N=G=U=A=G=E zurück. Der Name verdeutlicht bereits den forcierten Lettrismus dieser Tendenz in der neueren amerikanischen Lyrik. In Palmers Gedichten treten oft Großbuchstaben als Einzellettern auf. Das O ist schon genannt worden. In dem Band *The Promises of Glas* heißt eine Zwischenüberschrift *Q* (für *Quodlibet*); des Weiteren steht *W* für *Writer*; Z für eine Zickzackbewegung, *SB* für *Street of the Bees*; *M* für Michael Davidson (In *Dear M*) oder für Montmartre. Nicht zu vergessen das X, als mathematisches Zeichen der unbekannten Größe und der Multiplizierung, als Symbol der Auskreuzung. Das französische Motto von Reverdy (zu *Without Music*) lautet denn auch: *Die Buchstaben, die künstliche Wörter bildeten.*

8 → Der Titel könnte auch als ironischer Seitenhieb gegen die „language poets" gelesen werden.

9 → So gibt es die „Geistermotte" in dem Gedicht *Pulse* als reales Wesen (anderer Name: Hopfenspinner), während die ihr mit Kopula verbundene „Hundsmotte" ein Pseudowesen ist, eine Art Wolpertinger der Entomologie.

10 → Joachim Sartorius kommt das Verdienst zu, Gedichte von Michael Palmer zum ersten Mal in deutscher Sprache vorgestellt zu haben, und zwar in dem von ihm herausgegebenen *Atlas der neuen Poesie*, Reinbek 1995, S. 326 – 332 (Übersetzung: Gerhard Falkner). Unter dem Titel *Eighth Sky / Achter Himmel* sind sieben meiner Übersetzungen in der von Dieter M. Gräf herausgegebenen Reihe „Kunst zu Texten" erschienen (Köln 2005).

AT PASSAGES (1995) AUF PASSAGEN

THE PROMISES OF GLASS (2000) DIE VERSPRECHEN VON GLAS

COMPANY OF MOTHS (2005) GESELLSCHAFT VON FALTERN

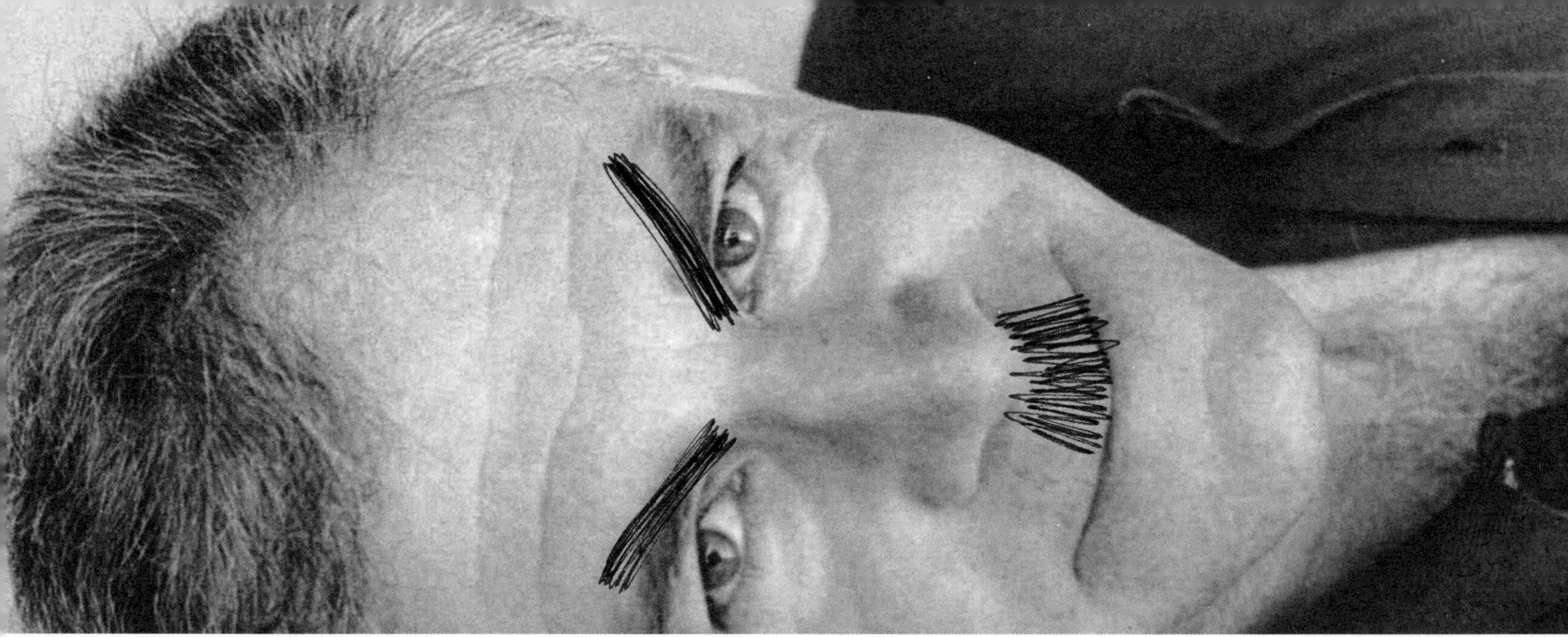

Michael Palmer, geboren 1943 in Manhattan, New York, lebt seit 1969 als Dichter, Essayist und Übersetzer aus dem Französischen, Russischen und Portugiesischen in San Francisco. Er hat vielfach mit anderen Künstlern zusammengearbeitet, vor allem mit Choreografen, Komponisten und bildenden Künstlern, darunter Gerhard Richter und die Margaret Jenkins Dance Company. Über seine Verbindungen zur sogenannten Language Poetry sagte er, sie gehe zurück auf „eine umtriebige Zeit, in der ich engeren Austausch mit einigen dieser Autoren pflegte als heute. Wir bildeten eine Generation voller Energie für Poesie wie für Theorie in San Francisco und setzten alles daran, den traditionellen, unsere Kultur bestimmenden Annahmen über Dichtung zu entkommen. Mein eigenes Misstrauen fängt jedoch da an, wo versucht wird, eine, sagen wir, fixe theoretische Matrix einzuführen und damit quasi ideologisch gegen Ausdruck und Ich zu arbeiten. Hier unterscheide ich mich deutlich von einigen der L=A=N=G=U=A=G=E Dichter." Palmer veröffentlichte über 20 Gedichtbände, wofür er unter anderem mit dem Wallace Stevens Award, dem Shelley Memorial Prize, zwei Grants der National Endowment for the Arts und einem Fellowship der Guggenheim Foundation ausgezeichnet wurde. © Foto: Chris Felver

Rainer G. Schmidt, 1950 im Saarland geboren. Übersetzte unter anderem Werke von Herman Melville, Arthur Rimbaud, Victor Segalen, Henri Michaux, Charles Simic, Wallace Stevens. 1998 erhielt er den Paul-Celan-Übersetzerpreis. 2000 erschien sein Gedichtband „Der Fall Schnee“.

»einer der wichtigsten Dichter Amerikas«
—— Harvard Review

»Wir sehen einen Meister, der sich selbst und seine Leser mit einer Dichtung überrascht, die so reif daherkommt wie frisch.«
—— Publishers Weekly

»Michael Palmer ist sperrig und das lohnt sich.«
—— Boston Review